河出文庫

鬱屈精神科医、占いにすがる

春日武彦

河出書房新社

まえがき

不安感や不全感や迷い――そういった黒々として不透明なものが心の中に広がってくると、耐え難い気分になる。我慢にも限度があるし、努力で乗り越えられるくらいならばそもそも問題にならない。無力感と苛立《いらだ》ちとよるべなさに、打ちひしがれる。気分転換を図ろうにも、それが気休めに過ぎないことが分かっているから踵《きびす》を返してしまう。いっそ心の病気であったなら、よほど割り切ることができそうだが、病的ではあっても病気ではないらしいところがかえって出口のない事態に思える。向精神薬を服用することで、抗生物質が細菌を駆逐するように心の中の不透明なものを払拭してくれればいいのに、そんなハッピーな顚末《てんまつ》など期待できないことは、仕事柄、熟知している。

わたしは右に述べたような「不安感と不全感と迷い」に精神を覆い尽くされた状態に陥っている。生まれて物心がついて以来、ずっとそんな調子であり、心の底から笑ったことなんて一度もない。しかもここ五年くらいが、ことさらに不調である。幸か不幸か、うつ病というわけではない。性欲や物欲のあるうつ病は、医学的にはあり得ない。診断的には、パーソナリティーの問題といったあたりの話になるだろう。つまりこの苦しさは自己責任ということになる。神も仏もない。

それにしても、わたしの辛《つら》さはすべて自業自得なのか。小生意気で不遜な態度、あるいは世の中をナメたような生き方が周囲に不快感を与えていそうなことは自覚している。でも、一応はフェアな態度で人生を送っているつもりだし、卑劣なことや人を罠《わな》に掛けたり苦しめることはしていないつもりだ。他人の不幸を喜ぶことは確かにあるが、それに対する自己嫌悪も多少は持ち合わせている。常にではないが誠実に振る舞うこともある。親切でありたいと本気で思っているし、その気になれば（そこが問題なのかもしれないが）多少の気配りやデリケートな配慮も（たぶん）できる。自分を善人とは思わないが、ことさら悪人とも思えない。自己評価としては、小心者で世間知らずのプチ自己愛人間である。

自身に問題があることは、重々承知している。しかしそれだけだろうか。神の悪意なんて言うとオカルトめいてくるかもしれないが、何だか不本意な運命を無理矢理に押しつけられているような気がしてならない。明らかに損をしている。納得がいかない。釈然としないのになお、神の悪意に曝《さら》され続ければ、心が歪《ゆが》んできても無理はなかろうに。当然の成り行きではないか。

妻に愚痴をこぼすことは多い。彼女はベテランのナースだし、いろいろな人から相談を持ちかけられるタイプだ。ましてや彼女はわたしの「取り扱い」に慣れている。だからこそ癒される部分もあるが、やはりそれは応急処置のレベルでしかない。自分の心の闇を配偶者にすべて開陳するのは賢明ではないと考えているので、妻さえいれば大丈夫とはならない。友人についても同様である。

いささか病的な自分なのだから、カウンセラーのところへ行くのもひとつの方法かもしれない。が、わたしは彼らの手の内を知っている。それに、いわば同業者に悩みを打ち明けるのは気が進まない。向こうだってやりにくいだろう。お手並み拝見、と腹の底で呟《つぶや》いているかのような最低最悪のクライアントと目されるに違いない。いっぽう自分で自分にカウンセリングを行うなんてことは、脳外科医が自分の脳を手術するようなもので無理がある。

こんなときのためにこそ文学が存在しているのではなかっただろうか。そう、だからわたしは学生時代から詩や小説に期待してきた。具体的に自分の気持ちをコントロールする上手い方法があろうなんて思ってもいないけれど、せめて自分と似たケースと作品の中で出会ってみたかった。あるいは、自分と同様の気持ちのありようや心象風景を言葉で言い表すとどうなるのか、その実例を示してもらいたかった。

それは確かにわたしの気持ちに潤いを与えてくれた。視野が不意に広がるような体験もしたし、この世界を言葉で定着させ分節する方法も少しばかり学んだ。ひとつの世界を作り上げることを通して安らぎを得られる場合があることも知った。だがそれでもなお、救いは訪れない。


文学の次に占いというのも、拍子抜けする選択かもしれない。信仰に生きてみるとか、一心不乱に仕事に打ち込んでみるとか、未知の分野の活動にトライしてみるとか、そういった真摯《しんし》な試みを通して閉塞感から抜け出そうとするほうが王道だろう。占い師にすがってみるなんて、お手軽さも極まれりと軽蔑されても仕方なかろう。本気なのかよ、奇を衒《てら》うならもっと頓智《とんち》の利いたことをしろよと揶揄《やゆ》されそうである。

でも占いには惹《ひ》かれる。

おそらく、占いに頼ってみるのはわたしにとって居直りなのである。世間への恨み、運命への怒り、人生への失望――そうしたものへ占いという「いかがわしげ」な方法をもって立ち向かうことで、嘲笑を投げつけてやろうとしているのだ。おまけに、もしかすると占いに未知の何かが宿っている可能性は否定できまい。まあそういったものに期待し過ぎるとアブナい人になりかねないが、冗談半分と言いつつも妙に真剣な目つきでわたしは占い師のもとを訪ねてみたのだった。

占いに頼る心性の根にあるのは「卑しさ」だと思う。自分が陥っている苦境の理由を単純明快に説明してくれるのではないかという期待（もちろん自己責任なんか問われずに）、これからは今までの辛さや苦しさが嘘のように消失するどころか利子までついて運勢が盛り返すでしょうという託宣《たくせん》への期待、自分が貴種流離譚の主人公であるかのような絵解き、わたしが漠然と期待しているのはそのようなものなのである。素面《しらふ》では、そんなものを期待なんかできない。にもかかわらず、それを叶えてくれるかもしれないと期待させるあたりに、おそらく占いにまつわる「いかがわしさ」の原因の一端があるに違いない。

自分の弱さも卑しさも認めたうえで、わたしは占い師のところへ赴いた経験を語ってみたい。それと絡めて人の心の働きや癖について考えてみたい。占いが当たるのか否かといったことについて考えてみたい。

ところで私小説作家の藤枝静男（本業は眼科医）は、五十九歳のときに発表した長篇『空気頭』の冒頭部分でこんなことを書いている。

実存世界の不条理という言葉がある。私は、自分一個の精神生活も肉体生活も、これまで不条理に支配されてきたことを認めざるを得ない。しかし同時にそのことに嫌悪を感じてもいる。たしかにそれは自分の力でどうにもならぬことであったかも知れぬと思う。しかし私には、そういう見方が、人生に対するただの解釈であって、自分の内部に於ける強い倫理となり得ないということが不満なのである。

だいたい私には、青春時代に自分を悩ました強い自己嫌悪の情が青臭く残っている。それ以後のなまぬるい日常生活で薄められることなく、また戦争の外力で引き剝がされることもなく、そのままベッタリと、まるで厚紙のように背中に貼りついている。そしてそういう自分を、それが自分だと思い諦め得ない己れの愚図に対する不快の念がある。これを断ち切ろうとして百錬の文体を希望したのであったが、そのこと自体が、考えてみれば始めから下らない間違いだったわけである。

わたしにも「それが自分だと思い諦め得ない己れの愚図に対する不快の念」はあるものの、藤枝は占い師のところに行ったりはしない。彼は百錬の文体を希望し、いっぽう当方は女の占い師の前で嗚咽《おえつ》までしているのである。人間としての品格が違い過ぎるじゃないかと舌打ちすらしたくなる。でも、せめて自分なりに体験したり考えたり感じたことをたどたどしく綴ってみたのが本書である。

もしかすると読者諸氏は、本書をエッセイなのか私小説（のようなもの）なのか判然としないと感じるだろう。何なんだ、この変梃《へんてこ》な書物は？　しかしわたしはどちらでも構わないと思っている。いや、どっちつかずのものにしかならないところにこそ、むしろ自分の精神のありようが反映していると考えている。この本は奇形のようなものであると見定め、珍奇なものを眺める気分で読み進めていただくのが正解なのかもしれない。

目次

鬱屈精神科医、占いにすがる

第一章

占い師に「すがり」たくなる気分のこと

矢継ぎ早の不幸といったもののほうが、分かりやすさといった点ではむしろ気が楽かもしれない。誰もが驚き呆《あき》れてくれるだろうし、同情してくれるに違いない。自嘲のしようもあるだろう。場合によってはギャグにすらなるかもしれない。大真面目にお祓《はら》いを受けても、周囲から納得してもらえる。

家族が亡くなったり、家が火事になったり、会社を馘首《かくしゅ》されたり、重い病気に罹《かか》ったり、大金を騙《だま》し取られたり、そういった「ど真ん中」の不幸の重なりはご免こうむりたいけれども、もっと軽いレベルの（プチ）不幸の連続ならばまだ耐えられそうだ。たとえば、タクシーの運転手が飯田橋と板橋とを聞き違えたせいで見知らぬ場所へ連れて行かれて当惑したとか、気に入ったデザインの服を買おうとしたら自分に合うサイズだけが売り切れだったとか、電車に乗ろうとしたら目の前で扉が閉まって発車してしまったとか、推理小説を寝床で読んでいたら肝心の謎解き部分に落丁があったとか、楽しみに取っておいたカステラを食べようとしたら賞味期限切れだったとか、愛用の帽子を頭上から鳩の糞《ふん》が直撃したとか、そうした類ならいっそ日記の材料になると割り切ることも可能だろう。

だがそうした他愛ない不幸でも、こちらの気持ちが被害的なモードにあったり打ちのめされている状態であったなら、かなりのダメージをもたらすだろう。弱り目に祟《たた》り目とはこのことだと、天を恨みたくなる場合だってあるに違いない。

とは言うものの、それなりに明確な輪郭を備えた不幸であったなら、まだしも扱いようがあろうというものだ。オレは不幸だ、ツイていないと自己憐憫《れんびん》に耽《ふけ》るのも、案外とマゾヒスティックな楽しさが伴う。不幸自慢大会にエントリーすることだってできよう。

わたしは決定的な不幸に出会ったことはない。そうした意味では幸運である。ちっぽけなテーマ（ツイていれば席に座れるし、そうでなかったら立っているしかない、とか）ではおおむね思い通りに「ならない」が、大きなテーマ（進路を左右するような試練とか、生活そのものに関わる岐路とか）ではどうにかラッキーな側に倒れ込む。それが自分の運命パターンであると漠然と思ってきた。だから、どうでもいいようなちっぽけなことでラッキーが重なったりすると、むしろ警戒したくなる。取るに足らないレベルでは、不幸の立ち位置にあるほうが安心感を得られる。

もしかすると、心の奥底で安心感を得るために、日常ではわざと要領の悪い立ち回りをしている可能性がある。そのことで「いざというとき」には幸運へと傾くという保証を取り付けたい気持ちでいるのではないか。考えようによっては、とんでもなく貪欲な発想をしているのかもしれない。あるいは、どこか世間を小馬鹿にした態度にも思えなくない。

小さな不幸は、所詮は大きな安心への保証金のつもりなのであった。

そのような日常における手応えが、五十歳代の終わり頃から微妙に変わってきた。小さな不幸は棘《とげ》の如くわたしの心へしっかりと痛覚を与え、裏返しとしての安心感を与えてくれなくなった。心の底に宿っていた「根拠のない自信」や楽天性が失われてきたのである。微妙な不快感や敗北感や屈辱感が、そのまま大きな不幸の予兆に思えてきた。到底、笑い飛ばすことなど叶わない。嫌なことや悲しいことや悔しいこととの遭遇が、代償としての意味を成さず、とんでもなく惨めな結末の序曲として作用しそうな気がしてきたのである。いったいどうしてしまったのだろう。

孤独な生活の送り方をしているのがよろしくない可能性は大きい。メインテナンスが億劫《おっくう》なので、友人の数は極力絞っている。ＳＮＳなどという面倒な習慣を始める気もないし、あれは「けじめ」がなくて嫌だ。馴れ馴れしくされるのは好まない。酒はほとんど飲まないしカラオケなんて絶対にしないし、したがって他人と「つるむ」ことが少ない。鬱陶しい状態よりは寂しいほうがまだマシというのを基本方針にしてきたものの、近頃はちと孤独感が身に染みる。

単純に、老いの問題なのかもしれない。たとえ自覚していなくとも、心身の衰えがこうした違和感にも似た衰退の感覚として内面を覆ってくるのではないか。実はさまざまな先人たちがこうした感覚について言及してきたにもかかわらず、それをまったくの他人事として無視してきただけではないのか。いや、それだけではない。自分は精神科の臨床医として、数多くの患者たちが「病《やまい》」ゆえに挫折したり夢を諦めたり生活水準を落とさざるを得なくなった場面に遭遇してきた。「あきらめろ」とはっきり伝えたことだってある。そうした際に、わたしは自分でも驚くばかりに冷徹になることができる。余計な感傷など頭から追い払える。事態が片付いてから、趣味として感傷に浸ることはあるが、あくまでも趣味に過ぎない。

直接の責任はわたしにはないものの、不幸への引導を渡す役目は散々果たしてきた。それが医者の仕事のひとつであることは確かで、だから異論こそないが、長年のうちに「不幸の使者」として振る舞うことに付随する不幸のオーラに自分も汚染されてきたのではないか。因果な仕事の副作用として、自分にも不幸の断片が徐々に蓄積されているのではないかと不安になってくるのである。

ならばそのような衰退感覚だか不幸の被曝みたいな感覚は、真正面から受け止めるしかなかろう。それが世を生きる人間としての義務ではないのか。

と、そんなことも考えてみるが、やはり不条理な気分のほうが先に立つ。どうして自分がそんな目に遭わなければならないのか？　自業自得といった表現には当てはまらないのではないだろうか。冗談ではない。さすがに清廉潔白な人物として生きてきたわけではないけれど、今になって不幸に取り憑《つ》かれなければならない筋合いはない。ねぎらいや褒美をもらうことこそが当然であり、わざわざ不幸の予兆を実感させられるなんて理不尽だ。いや、腹立たしい。運命を司る存在としての神がいたとして、そいつはわたしに無礼極まる仕打ちをしているのではないだろうか。馬鹿にするな。ふざけるんじゃねーよ。

アポリネールの短篇に「贋救世主アンフィオン」という小説がある（『アポリネール傑作短篇集』所収、窪田般彌訳、福武文庫、一九八七年）。その中に〈ロマネスクな葉巻〉と題された章があって、ドルムザン男爵がハバナ産の葉巻の箱を開けたときの感想が書き記されている。

　夜になってその蓋をあけたとき、おれはすばらしい葉巻から発散してくる香りに、とてもうれしくなった。おれはそれを、兵器庫に整然と並べてある魚雷にくらべた。平和の兵器庫だ！　退屈との闘いのために夢が発明した魚雷だ！

この一節を、カッコイイと心の底から思った記憶がある。さすがに詩人だ、うっとりする言い回しじゃないか。さてそのいっぽう、わたしには運命を司る神と闘うためのガジェットが必要だった。運命を司る神はどこかしらキッチュというか俗悪でさながら金メッキのビリケンみたいなものではないかという直感がわたしにはあり、そうなると安ピカのビリケンと闘うに相応《ふさわ》しい「いかがわしげな存在」は何かということになる。そのとき思いついたのが、占い師だったのである。精神科の医師だって大いにいかがわしいけれど、占い師にはむしろ手品師とか腹話術師に近いイメージがある。自暴自棄気味であったわたしは、あえて占い師にすがることで神へ「お前なんか、占い師と対等な存在に過ぎないんだ」と中指を突き立ててやりたい気持ちがあったのだ。

というわけで、不条理との闘いのために妄想が発明した兵士がすなわち占い師ということになる。

今現在までに、わたしは計五回、五人の占い師を訪ねている。多過ぎるだろうか。数年前から数ヶ月前まで、総じて小生が六十歳前後の期間である。

直近の一回前に占ってもらったときの経験を書いてみよう。

場所は豊島区である。ネットで占い師関連の口コミや記事をあれこれと読んでみて、評判が良さそうな女性占い師のところへ行ってみることにした。「当たる」「当たらない」といった評価よりは、相談に対して親切に助言をしてくれそうかどうかを目安に選んだ。値段は一時間で一万円である。予約制になっている。

そもそもわたしは何を占ってもらいに赴くのか。

冷やかしでもなければ、占いに対して揚げ足を取ろうとかインチキを暴こうなんて気持ちは毛頭ない。真剣である。切実である。ここしばらく実感している衰退の感覚、あるいは落ち目の感覚について、それが本当のことなのかそれとも気のせいに過ぎないのか、そして現実にこうして惨めな気分でいるのはもしかして何らかの理由とか誰かの呪いみたいなものがあるのか、いつになったら自分は救われた気持ちになれるのか、そういったことを教えてもらいたいのである。

わざわざ占いなんて怪しげな場所に足を運ぶことで、自分の迷いを鼻の先で笑ってやりたい気分はある。胡散《うさん》臭いものに身を委ねて、自虐的な気分を味わいたくもある。そして、ひょっとしたら常識や理性を超えた何かに出会えるかもしれないと期待する気持ちもある。ウィークデイの真っ昼間から占い師のところへ行くのには、微妙な後ろめたさや気恥ずかしさが伴って、これはちょっとした妙味である。とはいうもののわたしはシリアスだ。

とにかく自分の今が不幸の領域にあるのか、錯覚でしかないのか、それが分からない。まず医師としての自分。若い頃に比較すれば、パワーが落ちてきた。六十で当直をやめて臨床の仕事を縮小し、外来診察のみにした。そのぶん、講演会や研修会で喋ったりケース検討会のスーパーバイザーを務めるといった仕事が激増した。最前線からは後退したわけで、少なくとも肉体的には楽になった。が、そのぶん現役感が薄らいで心が曇る。自分の存在価値が低下した気分だ。おそらく緊張感や気合いといったものも低下しているはずで、外来診療の質もしっかりキープできているのか心許《こころもと》ない。年長者ゆえに対人関係がスムーズに行くといった場面も増えた気がしないでもないけれど、それは自分を誤魔化《ごまか》して自己正当化を図っているだけかもしれない。進歩したと考えるよりは、ソツなく狡猾《こうかつ》になっただけと素直に認めるべきではないのか。

おまけに、近頃は新しい薬だの治療法がやたらと増え、それに振り回されている印象が強い。専門医制度ができたせいでその資格を維持すべく研修や学会へ頻繁に出なければならなくなったし、精神医学全体の風潮がいやにアメリカナイズされた軽薄なものへシフトしているようで面白くない。専門誌を読んでも、精神病理の論文は激減し、無味乾燥なデータや統計ばかりが幅を利かせて退屈この上ない。理科系と文化系との境目あたりに立脚するような文学チックな精神医学ではなくなってきており、いよいよ自分の居場所がなくなりつつある気がしてしまう。

講演会や研修会にしても、わたしが招かれるのは保健師とかナースとかヘルパー、さもなければ一般市民を対象にしたものばかりだ。医者を相手に最新の研究成果を披《ひ》瀝《れき》するわけではないので、当方の仕事は二流扱いである。医者ではない相手に教えるからこそ、それなりのセンスや語り口や発想が必要なのだが、そういったものは評価されない。世間的には、高校の教師よりは大学教授のほうが偉いと思われているようなものだろう。

一臨床医として慕われ親しまれつつ黙々と地域医療に貢献していくような地に足の着いた感触が、わたしの人生には欠けている。口先は達者だし、あざといところもあるぶん、信用に値しない軽々しい医者になってしまったような気がする。地道な研究者ではないし、かといってトリックスターとしての華もない。啓蒙や啓発のスタンスに立つにしては斜に構え過ぎている。変な気取りもある。自意識過剰なところが鼻につく。

かつて四国の病院から呼ばれて講演をしたことがあった。歓迎の酒宴も開いてくれたのだが、そのとき、酔いも入っていたからなのだろうか。お前をリクエストしたのは医者じゃなくてナースたちだからな、そのことをしっかり心得ておけよといった意味のことを院長だか副院長だかに面と向かって言われた。分を弁《わきま》えろ、というわけであり、その院長だか副院長にとってはナースよりも医者の方が上というヒエラルキーが存在していたのだろう。ナース向きに実践的な精神科の知識と対応みたいな本を出していたせいもあって「ああ、やっぱりね」と思ったのだが、あとで思い返すと、とんでもなく失礼なことを言われたものだと自分のことが情けなくなった。その鬱屈は今でも続いている。

　鳥なき里の蝙蝠《こうもり》、といった成語がわたしを表現するのに最適だろう。鳥がいないときを見計らって、蝙蝠という似非鳥が鳥を気取って大威張りで飛び回る。研究者ないしは臨床家として一流の医師が美しい羽を持った鳥だとしたら、当方は蝙蝠でしかない。そんなことは自覚しているのだ。にもかかわらず、いちいちお前は蝙蝠だと耳元で囁《ささや》きたがる人間が多過ぎる。以前は平気で聞き流していたが、近頃は囁かれるどころか無視されることばかりで無力感に打ちひしがれる。

　精神科医であることを、わたしはフルに利用してきた。言論でも文学でもマスコミでも、漠然とながら、「精神科医枠」といったものが用意されているように感ずる。狂気をも射程に収めた人間心理のオーソリティーという役割が求められているのだろう。精神科医だけが知っている真実があるように錯覚している向きもあるのかもしれないし、寄席《よせ》に喩《たと》えるなら、古典落語ではなく新作落語ないしは漫談やコント、手品、曲芸といった色物レベルでの需要には違いあるまい。それでも、精神科医であるということだけで優遇されるのは事実である。

わたしが物書きとしてデビューしたのは『ロマンティックな狂気は存在するか』（大和書房、一九九三年。のちに新潮ＯＨ！文庫、二〇〇〇年）というハードカバー・書き下ろしの単行本であるが、これを書く契機になったのは、たまたま雑誌で取材を受けたからである。『ＳＰＡ！』という雑誌は昔から精神科医の談話を記事の「締め」に使うのが好きで、今でもその傾向があるからいまだに付き合いがある。香山リカもこの雑誌で広く世間に知られるようになったのではないか。で、取材に来た記者と雑談をしていたら波長が合ったらしい。記者の友人の単行本編集者にわたしのことを話した。その編集者は、これまた「たまたま」冒険をしたい気分に駆られていたらしい。さまざまなジャンルに関して、従来とは違った視点から語る入門書のシリーズを出したいのでそのメンバーに加わってくれと誘われた。漫画家のいがらしみきおにパソコン入門を書かせるとか、なるほど面白そうな企画ではあった。

結局そのシリーズは空中分解し、当方の本はまったくの独立した単行本として刊行に至った。

さまざまな人が、わたしが精神科医であると知ると口にする質問がある。

「正常と異常の境界線って、どうやって決めるんですか」

「多重人格なんて、本当にあるんですか」

「悪意のある精神科医がその気になったら、正常な人を精神科病院に強制入院させてしまうなんてことが可能なんでしょうか」
「電気ショックなんて今でもやっているんですか」
「天才と狂人は紙一重、なんて言いますがどうでしょうね」
「誤診、って結構あったりするものなのでしょうか」
「精神を病んだ人たちと毎日接しているうちに、医者もまたおかしくなってしまうなんてことはありませんかねえ」

——等々、似たような質問ばかりである。綺麗事ではなく、本当のところをそっと教えてもらいたいといったニュアンスを含んで尋ねてくる。

ならばそういった疑問や疑惑にまとめて答え、通俗的な興味を満足させれば書物として受け入れられるのではないかと考えた。狂気に対して、文学的な過大評価を与えたがる向きを揶揄してやりたい気持ちもあった。

刊行したら、それなりに売れ、また好意的に新聞の書評で取り上げられたこともあり、当時は別冊宝島や雑誌『宝島30』がサブカル系の牙城となっていたがそのあたりとも関係ができ上がり、記事の執筆や次の単行本の執筆へとつながっていったのだった。ちなみに、あなたが今読んでいるこの本の編集者は、前記『宝島30』の編集者としてライターの永江朗氏と一緒にわたしのデビュー作についてインタヴューに来てくれた人である。

ああ、それで思い出した。『宝島30』には、心理学占い（イエス・ノーで答えていくと、あなたは××タイプだから性格や行動特性はこんなふうです、なんて分類してくれるやつ）のインチキさとそれを喜ぶ心性についてシニカルな記事を寄稿したことがあった。一九九四年二月号で、「通俗心理学は小市民のオナニーである」という品のないタイトルである。当時はいろいろな雑誌にこうした心理学占いをかなりたくさん作成していたので（どんなくだらない仕事でも断らないのを信条にしていたためである）、記事の中で作り方を公開し、以後そうした仕事からは一切手を引いたのであった。もともと占い系統には親和性が高かったのかもしれない。

デビュー作にしても、いかにも「精神科医枠」に相応しい作品だったから受け入れられただけである。精神科医が執筆したといった但し書きが付いてこそ意味があったのであり、それはたとえば演劇の舞台では子役が無条件に関心を集めてしまうようなものではないのか。実際、わたしの最近の気分は「もはや子どもでなくなってしまった」元・子役に似ている。精神科医枠にしがみつくことに倦み、すると演技能力も脚本の読解力も役作りの才能も備えていない元・子役でしかなくなってしまう。にもかかわらず、それを自覚したがらない。そして鬱屈している。

精神科医というアイデンティティーを放棄する気はないし、そんなことをしてはかえって不自然だろう。だが、お前が今でも本を出せるのはやはり精神科医という肩書きがあってこそでしょ、などと指摘されるのは愉快でない。そうであっても、それなりの才覚や努力は必要なのだから。他人から見れば身勝手ないしは「いい気なもんだ」感が著しいだろうけれども、本を出し続けていると段々そんな自己防衛的な気持ちになってくる。謙虚さを失ってくるということでもある。

私小説を書きたい意向が若い頃からあり、しかし自分には小説の材料となるような奥行きを持った体験などなかった。マクドナルドで接客をするとか、工場でラインに立ってみるとか、ティッシュを配るとか、運送会社の倉庫で荷物の積み下ろしをするとか、そういったアルバイト経験すらない。主観的には決して気楽ではなかったものの客観的には「ぬるい」人生しか送ってきていない。家庭が健全であったとはまったく考えていないが、崩壊家庭とか修羅場であったわけではない。借金なんてしたことがないし、不治の病に苦しんだこともない。人間関係のトラブルだってせいぜい小競り合いのレベルに過ぎない。語るに足る人生なんか（幸か不幸か）送ってこなかった。今ならば患者の不幸や苦しみを自分の人生に絡めて私小説を書くことになるだろう。でもそのような書き方をしたらいかにも「自分語り」のために他人を利用しているようで、我ながら釈然としない部分が残るだろう。

本郷の古本屋で色紙を買ったことがある。つい数ヶ月前のことだ。式場隆三郎の紙本墨筆で、〈狂人の真似して大路を走らば狂人なり〉と書かれている。達筆である。徒然草から採った言葉だ。値段は一万円、豊島の占い師の料金とちょうど同じである。

式場隆三郎（一八九八～一九六五）という人物をご存じだろうか。精神科医というよりも、ある種の文化人としてかつては広く知られ、しかし今ではほぼ忘れ去られた人物である。晩年の写真を見ると、ロマンスグレーの髪に恰幅《かっぷく》の良い身体で、ツイードの服が似合っている。実業家と言われればそう見えるし、画廊の経営者と言われればそう見えそうだ。政治家よりは品が良い。大きな博物館や美術館の館長に相応しい風貌でもある。

おそらく式場は、「精神科医枠」といったものをフルに活用し、まさに功成り名を遂げて逃げ切った人物だろう。

新潟県中蒲原郡五泉町（現・五泉市）に生まれ、新潟医専（現・新潟大学医学部）卒。大学時代には白樺派の「新しき村」建設運動に傾倒して新潟支部を作っている。三十歳前後からゴッホの病跡学に熱中し、三十二歳で静岡脳病院院長に就任。この年齢で院長という事実と白樺派との取り合わせからして、俗物なのか理想主義者なのか判然としない。

本人の自筆年譜で三十六歳の項を見ると、「ゴッホ研究の大著が認められ、中央公論、改造、文藝春秋、朝日新聞、毎日新聞、読売新聞などから原稿の依頼相つぎ、文筆生活多忙となる。この年四月、大著『バーナード・リーチ』（建設社）を刊行。リーチは静岡の式場邸に来泊、しばらく滞在した。この年、中央公論の別冊『青春生理読本』、『テオ・ファン・ホッホの手紙』（向日庵私版）を刊行」となっており、当時の得意満面な表情が彷彿《ほうふつ》としてくる。

千葉県市川市国府台《こうのだい》に国府台病院（現・式場病院）を建てて院長となったのが三十八歳で、この頃、救護施設にいた山下清を知ることになる。

実際のところ、彼の業績で最大のものは「裸の大将」こと山下清の発見とプロデュースではなかったのか。古本屋でサイン入りの山下清画集を見たことがあるが、サインといっても山下清だけではなく監修者の式場隆三郎のサインが並べて書かれていて驚いたことがある。いずれにせよ、山下を世に出したのは式場であった。

国府台に今もある式場の自宅は設計に柳宗悦や濱田庄司、河井寛次郎が関わり、会津八一が「榴散楼《りゅうさんろう》」と名付けるといったゴージャスさであった。民間病院の院長であるというよりも、文化人としての意識が彼を支えていたことは想像に難くない。

式場病院には広大な薔薇園があり、精神科の病院と薔薇園とのコントラストに感銘した作家の中井英夫は『とらんぷ譚』に式場病院をモデルにした流薔園《るそうえん》なる精神科病院を登場させている。

そのように耽美的なところもあったが、生涯で百九十四冊に及ぶ著作には、呆れるばかりに通俗的なものが多数含まれている。たとえば『四十からの無病生活法』『女のこころ女のからだ』『絶対安眠法』『結婚秘典』『毛髪と寿命』『知識人の為の頭脳強健法』『処女のこころ』『人妻の教養』『愛の異教徒　マルキ・ド・サドの生涯と藝術』『すべての娘が知っておかねばならないこと』『若い女性、結婚への探究』『結婚の饗宴』等々といったもので、だが著作として今でも読むに値するのは昭和十四年に刊行された『二笑亭綺譚』のみであろう。

『二笑亭綺譚』――これは東京・深川に統合失調症の患者が建設した異様な家屋の探訪記である。写真や見取り図が掲載されており、むしろ資料としての価値が高い。箱入りの瀟洒《しょうしゃ》な本で（意匠は芹沢銈介《けいすけ》）、装丁にはA版・B版の二種類があり（わたしが所持しているのは安いB版）ついでに豆本版まであるといった「趣味の本」である。末尾には二笑亭が取り壊されたことを知った式場が、「私の夢は、あの建物をゆずり受けて、自分の病院の庭へたてることだつた。その中へ病的作家の優品を飾つて、特色ある小博物館をつくることだつた。この夢も、二笑亭主人の夢と共に、はかなく消えうせた。私もこの本を愛し、永く記念しよう」と詠嘆する一文が記され、これには当方も強く共感せずにはいられない。もっとも病人の作品を珍品として愛でるセンスは、いささか世間の良識に反しているかもしれない。

戦前には神経衰弱に効果のある頭脳薬品シキバ・ブレノンなるものを作って東亜薬

品化学研究所から発売したり、厚生省の中央優生保護委員、労働省の婦人少年局委員、劇団民芸後援会長、内閣総理府青少年問題協議会委員、音羽洋裁女学院長、国立松方コレクション美術館建設連盟副会長、日本精神病院協会理事、日本医家芸術クラブ委員長、帝国華道院会長、日本ハンドボール協会長などを務め、東京タイムズを創刊、さらには日比谷出版社を創立したり、伊豆の大室高原に理想郷の建設とヘルスホテルの創設を企てたり、八面六臂の大活躍である。小説集も数冊出している。

まさに純粋さと俗物さが混ざっており、ただし慢性躁状態とかパラノイアめいた精神の偏りはなかったようである。晩節を汚すことなく六十七歳で死去している。

亡くなる五年前に日本書房から現代知性全集の一巻として『式場隆三郎集』が刊行されているが、このシリーズは小林秀雄や亀井勝一郎、和辻哲郎、手塚富雄、清水幾多郎、小泉信三などが参加しているいっぽう、今東光、徳川夢声、内田百閒が収録されていたりとやや不思議な人選がなされている。しかし、ここに参加できたことが式場にとっての花道だったかもしれない。

なぜ式場隆三郎のことを長々と記したのか。わたしは彼が幸福だったのだろうかと考えてみずにはいられないのだ。客観的には、地位も名誉も金も手に入れ、しかも文化人扱いである。勲章を貰《もら》えなかったのは七十前に死んでしまったからなのかもしれない。とにかく趣味と理想に添って生き抜けたのである。没後に名著として残る本がなく、名も忘れ去られようと、死んでからのことなど誰にも分からない。生前のみに目を向ければ、充実した一生と言えそうである。

しかし、当人の心の中は平穏そのものであったのか。

式場なりに、「精神科医枠」のことは脳裏にあったはずだ。臨床医としての彼、医学者としての彼には特筆すべきものはない。文筆家としても、ことさら輝く要素はない。精神医療の啓蒙家とか評論家としても二流以下である。美術ないし民芸愛好家としての側面にせよ、取り立てて語るべき業績はない。実業家としても、ごく「ふつう」といったところか。趣味人の側面と「あざとい」側面が上手い具合に作用した結果が山下清の発見と『二笑亭綺譚』に結実したのがせいぜいである。器用かつエネルギッシュな人間ではあったにせよ、「精神科医にしては」といった但し書きが付くことになる。そんなことは、式場だって分かっていただろう。うんざりしなかったのか。気分にどう折り合いをつけていたのか。

テレビのない時代に活躍できたのはラッキーである。今だったらやたらとテレビに出演して消費され尽くしてしまっただろう。医師であることに素朴な敬意を表してもらえる時代に式場隆三郎は生きた。

でも密かに自己嫌悪と闘っていたに違いない。いや、そんな葛藤などまったくなかった可能性は残る。だが何かの拍子に「精神科医枠」のことをふと思い出しては無力感を覚えた可能性のほうが高いだろう。多忙さがそんな無力感を払拭してくれたはずだ。だからこそ、一年間で二十冊もの本を書いたりしたのだろう。そうやって心の平和を保とうとしたに違いない。

わたしもまた「精神科医枠」を利用して活動している。そしてそのような生き方の最良の形が式場隆三郎の人生ではないかと思えてしまう。彼のように金は稼げないし、世渡りも上手くない。一年で二十冊の本を書き上げるだけの気力もない。文化の香りからは程遠い。が、それは程度問題に過ぎない。自分は式場隆三郎の劣化コピーかもしれないと考えられないか。器のものすごく小さな、そして引きこもり気味の式場隆三郎ではないのか。そんな想像をしてみると、身体から力が抜けていくのである。げんなりした気分に押し潰されそうになる。

こうした屈託は、下手をすると遠回しに自慢話をしているように聞こえかねない。そこがまた腹立たしい。屈託を言語化するのが難しいわけで、するとますます屈託は深まっていく。

といった次第で、自分の辛さを上手く説明する自信もないまま、占い師だったら当方のそうした「もどかしさ」を察してくれるのが当然だろうと思いつつ池袋の駅に降りたのだった。

池袋の西口側はあまり馴染みがないが、占い師のホームページに載っている道案内でどうにか場所の見当はつく。ホームページを持つ占い師というのもちょっと有り難みが薄いけれども仕方がない。紹介でしか会えない「神懸《かみが》かった」占い師がきっと日本のどこかにいることだろうが、残念なことにそういったコネがない。

歩いているうちに、次第に風景が貧乏臭くなる。場末感が漂ってきて、だがそれは決して不快でも惨《みじ》めでもなく、適度に自己憐憫の気持ちに寄り添ってくれる。しょぼくれたラブホテルや廃屋、冴《さ》えないデザイン事務所や狭苦しく油染みたレストランなどを横目で見ながら、目的の建物にたどり着いた。

近頃は占いの館みたいに大きなスペースがあって、そこがいくつものブースに分けられ、それぞれに占い師が店を張る形式が増えている。いかにも商業主義めいているし、シリアスな相談というよりもエンタメ的要素が強くなっていて気にくわない。霊感や奇跡が降臨する場とは到底思えないのだ。ではわたしが訪ねたところはどうなのか。

画廊ということになっているらしい。だが、それにしては狭いし、せいぜいいわさきちひろの絵や藤城清治の影絵が似合いそうだ。流行遅れの童画が飾られていそうな雰囲気なのだ。神々しさや荘厳さに欠けているのが心配になる。入って三歩で奥のカーテンに突き当たってしまうが、そのカーテンの向こうから話し声が聞こえる。時間厳守と散々釘《くぎ》を刺していたくせに、時間ぴったりに訪ねたらこのザマである。サッシ戸を開けた音が耳に入ったのだろう。カーテンを割って中年のオバサンが顔を出し、「すみませんが、あと五分してから訪ねてきていただけませんか」と言う。「画廊」の中で待っていたら会話が聞こえてしまうからなのだろう。何となく腹を立てながら、近所を無意味にうろうろした。一時間きっちりで占いが終わらないことも当然あるのだろうに、ならばぎりぎりでスケジュールを組むなんて社会人としておかしくないか。

七分経過してから再訪した。建物の外を見張って、わたしの前にどんな人物が占いをしてもらっていたのか確認してみたい気持ちもあったが、暑い季節だったのでそんな根気はない。おそらくわたしの表情は少し固かったはずだ。

「お待たせしてすみませんねえ」

「あ、いや、別に」

「じゃ、まずそこの紙に名前と生年月日、職業、知りたいことなどを記入して下さい」

どうも流れがまだるっこしくて苛々する。これでは病院の問診票じゃないか。知りたいことについては、「人生の迷い」と大きな文字で書いておいた。筆圧が少し強かったかもしれない。職業は医師とだけ書いた。

占い師は六十近くの主婦といった感じで、服装もごく普通のオバサンである。小太りで、愛想も良いがオバサン特有の鈍感さもしっかり備えていそうだ。魔女めいた妖《あや》しいところもなければ、憑依《ひょうい》系の張り詰めた雰囲気もない。酸いも甘いも知り尽くした苦労人とも印象が異なる。奇術師めいた「まやかし」の気配も希薄だ。詐欺師めいた如才なさも見られない。あえて演出をする気もないのだろう。それが自信のあらわれなのか、それとも投げやりなだけなのか。

「人生の迷いって記入してありますね。具体的には……」

「えーと、まずわたしの仕事なんですが、精神科医を生業《なりわい》にしています」

この一言で、大概の占い師は警戒モードを発令する。悩みを聞くといった点では同業者に近い要素があるし、精神科医は科学的な「ふり」をして占いやオカルトを精神の病と関連づけたがるものだ。精神科医と占い師は所詮イカとタコみたいなもので、どちらも触手を持ち墨を吐き水中の生き物としては異形である。互いに相手をグロテスク呼ばわりしているところがある。そんな精神科医がクライアントと称して訪ねてきても、下心がありそうに思われて当然だろう。

「あら、そういったお仕事の方が、わざわざご相談ですか」

「いや、だからこそ真剣に助けて欲しいんです。同じ業界の人間に相談なんかしたくないし、常識的な解釈や説得なんかで対処できることではないですし」

「薬でどうにかなる話でもない、と」

「まさにそうです。順序立てて話しますとね、精神科医としてはそこそこ順調に仕事は回っています。勤務医ですが、ことさら儲《もう》けたいとか自分の病院を持ちたいなんて思っていないんで、現状に不満はありません。能力にしても、平均以下の医者ってわけではないと思っています。家庭は子どもがいなくて妻と二人暮らしですけど、彼女は優秀なナースとして自立していますし夫婦仲も悪くないです。そこまでは、問題がありません」

「恵まれた境遇ですね」

「維持するには努力が必要ですし、それは実践しているつもりです。自画自賛に聞こえたら困るんですが、とりあえずまっとうな生き方はしているはずです」

「はい」

「で、わたしには医者以外の顔がありまして、本を書いています。それに付随して雑誌などに記事を書くこともあります。いわゆる文筆業ってやつです。文庫化も含めれば、四十冊くらい本は出しています。ベストセラーなんかないけれど、それだけの数を出せたというのは、ラッキーといえばまさにラッキーで、今も執筆中の本は三冊あります。これって、どう見ても充実した人生なはずですよね。でも正直に申しまして、徒労感が半端じゃないんです」

「充実していないわけですか」

「全然。徒労感というよりは、無力感に不全感、それに不安感ですね。希望や喜びや相応の手応えが伴わない限り、執筆なんて苦役に過ぎませんし」

「今おっしゃった無力感とかいろいろのうち、何が一番あなたを苦しめているのかしら」

「うーん、不安感かな」

「わたしにはあなたのオーラが見えるんですけど、エネルギーを暑苦しいくらい放射しています。それが上手くコントロールできていないのかしらね」

「エネルギーが過剰でも無力感とかに囚《とら》われるんですかね」

「効率がものすごく悪いってことかもしれませんね。ツボに嵌っていないというか」

そういえば彼女の占いは、霊感カウンセリングとかいうものであった。ホロスコープを作ったり水晶玉を覗《のぞ》いたりタロットを並べるのとは違うらしい。オーラが見えるという点について詳しく聞いてみたかったが、そんなことに拘泥《こうでい》しても本筋から外れる気がしてスルーすることにした。占いの時間は限られているのだから。

彼女が言葉を継いだ。

「不安が苦しみのメインとおっしゃったけど、もう少し具体的に教えて」

「延々と本を書いてきて、どれも手抜きなんかしたことはありません。それぞれ目新しさや特別なイメージや発想や、そういったものを盛り込んできました。にもかかわらず、まっとうに評価された感触がまったくない。精神科医の書いたイロモノとして多少面白がられたことはあっても、それがせいぜいです。料理に喩えるなら珍味なB級グルメでしょうね、認識のされ方は。だから、かなり本気で書いてしかも我ながら革新的なものを盛り込んだと自負するような作品に限って、悪口を言われるどころか黙殺される。せいぜい見当外れな批評をブログか何かで偉そうに言われるだけで。話題作を目指しているわけじゃないけど、きちんと評価されないのがとんでもなく悔しいんです。以前はもうちょっと強気だったので、もしかするとオレは嫉妬されているのかもしれない、それゆえに無視されたり的外れな悪口を叩かれるんだろうなんて思っていました。でもその傾向が一向に変わらない。まともな人間が正当に評価してくれる瞬間を期待していたら二十年以上経ってしまった。本当は自分で自分のことを過大評価していただけで、思い上がりもいいところだったのだと謙虚になるべきなのかもしれない――そんなふうに考えたりするようになりました。謙虚になれば見えるものが違ってくるだろうし、心構えも変わり、人生の味わいも異なってくるに違いない。ちょっと似非宗教めいた発想で嫌だなと思いつつ、ひたすら謙虚であることを目指してみた時期もありましたけど、するとますます社会から小馬鹿にされるだけのような気がしてきましたね。ナメられるだけ。まったく腹が立つ。そうなるとオレは間違っていなかった、なんて思い直したくなるけど、じゃあ自分の不遇さはどう説明すればいいのか。本を出し続けられただけで十分に評価されているじゃないか、それ以上を望むのは思い上がっている証拠だと解釈するのが妥当なんでしょう。物書きの誰もが、多かれ少なかれ似たような気持ちを抱いていると考えるべきかもしれない。だが、世間で大いに受け入れられている本を読んでみると、こんなものが賞賛されるいっぽう自分が黙殺されることが純粋に不可解であると思えてくる。いや、不可解でなくて不愉快だ。不公平だ。とはいうものの、現実がそうなんだということは、取りも直さず自分には途方もなく大きな見落としや思い違いがあるのではないか。早い話が、自分がおかしいのか、それとも世の中がおかしいのかが分からない。それが不安の第一です。それからもうひとつは、世間に受け入れられるか否かはともかく自分は次の本を出せるのが当然と思ってきました。気の進まない啓蒙本も書かねばならないときはあるけれど、とにかく最低限の需要はあると思っていた。しかし最近は弱気になったせいか、誰も自分に執筆依頼なんかしてこなくなるのではないかといった暗い想像が働くようになったんです。ある編集者に、春日さんが最近出す本ってあんまり売れてませんねえ、って脳天気な声で言われたのがきっかけなんですけどね。自分が年老いていくってことを意識していたときにそんなことを言われると、戦力外通告でもされた気分になってくるじゃありませんか。惨めなもんです。そういったことも黒々とした不安になってどんどん膨らんでくる。売れなくとも良書、なんてものはもはや通用しない世の中にあるみたいだし。オレはいったいどんな老後を過ごせばいいんだ、みたいな気持ちすら湧いてきて、不安で胸が張り裂けそうですよ」

占い師は、わたしの「まとまり」を欠いた打ち明け話の饒舌《じょうぜつ》ぶりに辟易《へきえき》しているようにも見えた。

「今年になってからですね、二冊ばかり本を出しました。一冊は小説で、もう一冊は〈キモい〉という感覚をテーマにした評論とエッセイと哲学の混ざったような本です。内容は自分でもそれなりに自負するものがあって、表面的には軽い感触だけど実はかなりヘビーなものを包み込んだ作品です。雑誌やネットの星占いを参照しますと、天秤《てんびん》座の今年はラッキーで、今までの不遇がやっと去って花開くみたいなことが書いてある。おおむねそういった調子で一致しています。おお、そうか。やっと世間に受け入れてもらえそうだぞと意気込んで世に問うてみたら、ほぼ反響なしの大コケでした。なぜ受け入れられなかったのか、その理由すら分からないので反省のしようがない。それこそ自分自身が世間から否定されたという気分しか生じない。おまけに〈キモさ〉を論じた本を執筆した際には、信じ難いような無礼かつ不誠実な仕打ちを編集者から受けたりして何が何だか分からないといった始末で、それこそどこかから強烈な悪意が作用しているとでも思うしかないんですよ。誰もがわたしのことを微妙に軽んじたり小馬鹿にしているような気がどんどん強まってくるし、とにかく明らかに変なんだけど、何がどう変なのか、それすら分からないまま自分が朽ち果てていくような気がして、もう不安でたまりません。誰もがわたしを見限り、みるみる孤立していく感触がリアルに知覚されるんです」

自分でも、話の焦点が見えていないことを実感している。見捨てられ感、見くびられた感じ、切り捨てられつつある感じがじわじわと足下から這《は》い上がってくるのに、もしかするとそれは錯覚かもしれないと（希望的観測も含めて）否定してみたり、むしろこれは誰もが老化に伴って実感する一種の衰退感のバリエーションなのかもしれないと考えたり、ひょっとすると自分が想像している以上に自分は誰からも期待されていないのかもしれないと思ったり、もはや冷静さを保てない。劣等感や無力感や敗北感に苛《さいな》まれるから、新聞も雑誌もテレビも見たくない。書店にも行きたくない。今は天から与えられた試練の時期なのであると解釈してみようともするが、それにしては清々《すがすが》しさに欠ける。

こんなとりとめがなく陰湿な性質を帯びた事態は、試練という言葉の持つ分かりやすさには馴染まない。気持ちが和むのは、数枚のシングルレコードを出したまま消えていった昭和の不運な歌謡曲歌手たちのレコードジャケットをしげしげと眺めるときくらいである。さもなければ、ウィリアム・カーロス・ウィリアムズの詩を自己流に訳してみているときくらいか。

自分の才能（？）に対する懐疑と、運勢のありように対するもどかしさ、さらには「精神科医枠」といった経緯への複雑な思いが重なり、現実が分からない戸惑いと現実を直視したくない心の弱さがなおさら自分を不幸に感じさせているのだろう。加えて、老化という要素が絡んでいる。結局、自分を誤魔化したまま浮わついた人生を送ってきた報いということなのだろうか。だが、ここまで辛い気分に突き落とされると天に向かって「あんた、いくらなんでもやり過ぎじゃないの？」と神様だか何だかに文句を言ってやりたくなる。わたしは不幸を嘆いているのか、ありがちなことを大げさに思い煩っているだけなのか、世間の態度に憤っているのか、特定の人物に腹を立てているのか、実は自分の生き方そのものを糾弾しているのか。

占い師がどんなコメントをしてくるのかと思っていたら、こんなことを言うのである。

「もしあなたの患者さんが、今おっしゃったようなことを語ったとしたら、担当医としてどんなふうに答えますか」

「ああ、そんな場合でしたら慰めたりはしませんね。こんな具合に言うと思います――あなたはいろいろと嘆いたり戸惑ったりしているけれど、あなたの話を聞いているともはやすべてが終わり、取り返しのつかない状態になってしまったかのように響くんです。でも今はまだ途中経過じゃないですか。こうなったら嫌だなと思うその想像力が暴走しているだけでしょ。悪いほうに考えてばかりいると、それが実現してしまいます。それじゃまずい。せっかくの機会じゃないですか、ここはひとつ良いほうのことを考える毎日へと方向転換しましょう。ポジティブに考えるというのは、都合の良いことだけを考えるお気楽モードなのじゃなくて、思考や行動を望ましい方向へと〈馴染ませる〉手立てなんです。馴染んだ方向へ、人は自然に進んでいきますからね——と、そんなことを淡々と伝えるでしょうね」

すると占い師は、にっこりと頷《うなず》いて口を開いた。

「まさにそれがわたしの言いたいことです。お分かりになっているじゃないですか」

さすがにこの切り返し方には「ずるいなあ」と思わずにはいられない。オーラが見えるくらいならば、こちらには想像もつかないようなシュールかつ意表を突いた助言をしてくれなければ困る。

当方の不満を察知したのかもしれない。運勢の周期について占い師は語り出した。九年がサイクルになっているという。カバラ数秘術とか九星気学の理屈だろう。発展・強調・創造・安定・変化・愛情・休息・充実・完成といったサイクル、あるいは静観期・収穫期・悦楽期・変動期・好調期・衰退期・準備期・発展期・幸運期を繰り返すわけで、当方は現在、最底辺の〈衰退期〉に位置しているらしい。それが「定め」であり、あと数年しないと、自分の思い通りの人生には近づかないらしい。

「運気が循環するっていいますけど、ここ数年は低迷し滞ったままなんです。動きが実感できればツキを待とうと我慢できましょうが、どんよりと停滞してどうにもならないから辛いのです。もしかすると、もっと悪い状態になっていく可能性だって否定できない気がするなあ、今が最底辺という保証がないんだから」

「あなたはそう感じていらっしゃるかもしれませんが、九年周期は真実として受け入れたほうがいいですよ。停滞しか感じられない閉塞感こそが、まさに最底辺の時期にある証《あかし》と考えていただきたいですね」

「この先数年も耐えろなんて、暴力みたいなもんだなあ。まあサイクルだかバイオリズムがあるだろうことは分かるんですけど、何かもっと積極的に嫌な力が関与している気がするんですよね。そんな被害的なことを考えてしまうのも衰退期の特徴ですかね」

「呪われているとか、そういった要素はありませんよ。それは分かります。暇があれば前世について調べてもいいですが、今日は時間的に無理ですね」

「九年周期で何度も同じパターンが巡ってきているのに、今回ほど真綿で首を絞められているような精神状態に陥ったことはないです。たとえばレストランだって、ちょっとしたことから微妙に客の流れが変わり、なぜか店の活気が失われ料理にも生彩がなくなって潰れていく、なんてケースがあるじゃないですか。そういった〈些細に見えるけれど決定的な何か〉が起きているってわけじゃないと考えていいんですか」

「あなたがおっしゃるような不安材料はありませんね。むしろそういったものがあったほうが、納得は行くんでしょうけどね」

そう言われてしまっては、そのまま受け入れるしかない。でも釈然としないのである。いや、もしも〈些細に見えるけれど決定的な何か〉を指摘してもらえたら、実際に役立つのみならず、ある種の爽快感を覚えそうに思うのである。さながら推理小説の最後になって、取るに足らぬと思っていた何かがまさにトリックの根幹を成していたことに気づかされる驚きのように。

わたしは占い師に対して、快刀乱麻の推理を繰り広げてみせる名探偵の役割を期待していたのかもしれない。目の前の彼女に、ミス・マープルを望んでいたということか。

不平そうなわたしに、占い師は別な話題を振ってきた。

「前世はともかくとして、ご兄弟はいらっしゃいますか」

「いえ。いわゆる一人っ子というやつです。で、子どもは作っていませんから家系はわたしで絶えることになります。父は三年前、母は半月前に亡くなったので、血筋からすればわたしは道の途切れた断崖絶壁みたいなものですかね」

「ずいぶん期待されて育ったんでしょうねえ」

「期待だかプレッシャーだか分かりませんが、それでも今の自分みたいに世間から無視されるよりはマシかもしれませんね」

「愛情に包まれていたんでしょ」

「愛情って言葉が曲者《くせもの》なんですよ。ことに母親の愛情はね。一貫性を欠いた愛情なんて、子どもにとっては有害ですからね。期待に応えられなかったらたちまち一家の恥さらしみたいに見なされるのは、なかなかスリリングなものです。親戚も医者ばかりなんで、医者になれなかったら人間性を否定されそうな恐怖は常にありましたし」

「お医者さんにはなりたくなかったのかしら」

「いえ、医者という仕事に違和感はありませんでした。協調性を欠いた自分の性格に照らして、サラリーマンなんか勤まりそうもないことは分かっていましたし。画家で身を立てたいと思っていた時期はあったんですが、そんなギャンブルみたいな人生を送る度胸はありませんでしたね。とりあえず医者になっておけば食いはぐれないし、そのあとで好きなことをしてみればいいと、これだけはずいぶん合理的な考え方をしていました」

ときおり、わたしはいやに理性的になるのだ。学生時代からアメリカの詩人ウィリアム・カーロス・ウィリアムズ（一八八三～一九六三）を敬愛しているのであるが、彼はペンシルベニア大学医学部を卒業している。父は貿易商であった。ニュージャージー州で一介の開業医（最初は一般医、のちに小児科医）として暮らしつつ偉大な詩を残した。彼は医学生の時に、詩人となろうかそれともやはり医者になるべきかと悩む。そして彼は自伝の中で当時の気持ちを回想する。

第一に、何を書くべきか、ぼくに告げる立場の者は誰もいないだろう。それは確信できる。誰も、文字どおり誰も（金を出すと言われても）、ちょっとでも（絶対に）、ぼくが何をどのように書くか命令できない。それが一番大事なことだった。

それゆえ、書いてお金をもらうつもりはない。だから修業中は、自活の手段を持たねばならぬ。芸術のために命を捨てるつもりはないし、そのために、ナンキンムシの餌食になるつもりもない。（『ウィリアム・カーロス・ウィリアムズ自叙伝』アスフォデルの会訳、思潮社、二〇〇八年）

こういった割り切り方には爽快感を覚える。医者を諦めて詩人気取りの貧乏生活なんて愚かなだけだろう。かくしてウィリアムズは詩を書く医師となった。そして歴史的な詩人として名を残すと同時に、地元民に敬愛される医者となった。自叙伝には、こんな興味深い箇所もある。

……人は率直に問いかけてくる、「いったいどうやっているの？　多忙な医者という仕事をしながら、なおかつ書く時間をどう見付けるの？　まるで超人だね。どうしたって二人分のエネルギーがなきゃだめですよね」。だが、一方の仕事が他方を補い、両者は全体として一つのものの二つの部分であり、ばらばらの二つではなく、一つに疲れるともう一つが癒してくれる、ということが人には分からないのである。（同前）

まさにその通りである。でも、一方が思い通りにいかなくなると、互いに悪循環を形成する恐れもある。今のわたしがそうなのかもしれない。医療のほうは一応上手くいっているつもりだが、それが錯覚に過ぎない可能性のある点がわたしを脅かす。
「目論見《もくろみ》通りの人生を送っているわけじゃないのかしら」占い師が言う。

「そのつもりだったのに、似て非なるものにすり替わってしまったような気分なんだなあ。檜《ひのき》造りの家を建てるつもりが、ベニヤの壁の家を建ててしまったみたいな。それでも木造住宅ではありますからね」

「さっき、お母様のことで、一貫性を欠いた愛情っておっしゃいましたよね。あれってどういうことかしら」

「同じことをしても、褒めるときもあれば無視することも怒ることもあるといった具合に、反応が日によって違う――それが母の基本でしてね。良く接してくれるときから推察すると愛情を感じるんだけど、それよりは感情の不安定さのほうが勝っていたんですね、今から考えると。結局、規則とかルールといったものが存在しない世界で母の顔色を窺いながら生きて行かざるを得なくて、これが辛かったな。父親はいつも不在だったし」

「あらあら」

「中学生の頃は、母はブロバリン――睡眠薬中毒でしてね、夜になるとブロバリンとアルコールで呂律《ろれつ》が回らない状態で、延々とトランプで一人遊びをしながらわたしに絡むんです。本当に嫌だったな。朝になると呼吸がおかしくなって、父が心肺蘇生を試みているなんてことも再三で。そんな母が認知症にもならずに九十一まで生きたなんて信じられないですよ」

「それじゃあ、心が休まらなかったでしょうね」

「大学を卒業して家を出てからも、いや今でもずっと不安感が続いています。不安じゃなかった日なんて物心ついてから一日も――」

まったく予兆などなかった。むしろ淡々とした調子でわたしは占い師に語っていた。にもかかわらず、不安じゃなかった日なんて物心ついてから一日もないと言おうとしている途中で、不意に視界がねじれた。鼻の奥を、突き上げるものがある。

え？

一瞬、心の奥に何かが駆け寄ってくる感覚があった。と同時に涙腺が決壊し、声がばらばらに千切れた。自分の唇が奇妙な形に歪んでいるのが分かる。

――嗚咽したのである。

自分自身で驚いた。

何てことだ。わたしはここ三十年ばかり、つまり人生の約半分は、泣いたことなどなかったのに。

最後に泣いたときはいつだったろうか。

そうだ、しっかりと覚えている。本当に涙を流したのではなく夢の中での出来事であった。ニセモノの涙だったのだ。でも出来事の切実さは、リアルそのものであったのだ。

本来、わたしは夢を見ないほうである。だから眠りとは、真っ黒な闇の塊といったイメージなのである。だが以前は例外的に、ときおり自分で「フォークソングの夢」と呼んでいる夢を見ることがあった。

それはまさにフォークソングの聞こえる夢であった。

吉田拓郎みたいなちょっと反抗的な声で延々と、「あなたはあの××を覚えていますか〜」というフレーズが単調に繰り返される。じゃかじゃかと忙《せわ》しなくかき鳴らされるアコースティックギターの音が、わたしの気持ちをあやふやにさせる。

暗室で上映されるスライド・ショーさながらに、フォークソングをバックにして懐かしい景色や物が静止画像で出現しては、ゆっくりと溶暗して切り替わっていく夢なのだった。

まだ小さい頃に住んでいた家の門柱とか、近所にあった鶏肉専門店のオヤジ（鶏そっくりな顔をしていたので、誰もが面白半分に鶏の祟りだと噂していた）、金庫の形をした貯金箱、駅前にあった洋菓子屋のショーウインドウに飾られていた石膏のデコレーションケーキ、台風で倒れた校庭の樹木、明治通りを昆虫の触角みたいなポールを突き立てて走っていたトロリーバス——そういったものの映像が、とりとめのないまま、代わりばんこに現れては消えていく。

フォークソングは映し出された映像を、そのまま言葉にして歌い続けていく。歌と映像が進行していくにつれ、わたしの感情は不安定になっていく。で、その晩は、それまでに映し出されたことのない映像が現れた。犬である。

近所の飼い犬で、幼いわたしと仲の良かったメリー（柴犬系の雑種）の姿が出てきたのだった。ああ、久しぶりだね。忘れてなんかいないよ、もちろん。

背景の歌が「あなたはあの茶色い犬を覚えていますか〜」と歌い上げる。感情がみるみる昂《たかぶ》っていく。

メリーは、舗装されていない道の真ん中に、心細げな顔をしたまま四つ足で立っている。ひどく寂しげで、途方に暮れているようにも見える。映像はモノクロで、ちょっとピントがぼけている。焦点の曖昧さが、犬が感じているに違いない無力感をそのまま伝えてくるようだ。

その瞬間、わたしは感極まった。あなたはあの茶色い犬を覚えていますか、だって？

「あの犬がまだ生きているはずなんかないじゃないか。どうして、そんな切ない歌を歌うのかよ⁉」そう叫んでわたしは泣き伏してしまう。途端に目が覚め、頬が涙で濡れていると思ったら全然そんなことがなくて戸惑ったのが三十年前なのであった（以来、『フォークソングの夢』を見ることはなくなった)。

それを「泣いた」とカウントするなら、その次に泣いたのが今回の占い師の前でのエピソードということになるわけだ。

このままだったら、占い師の前でみるみる号泣に至ってしまったかもしれない。いっそ泣き続けてみようかとも思ったが、こんなところで泣くなんて恥だと考えた。みっともないところを見せてしまったと動揺した。占い師が、「存分に泣いていいんですよ。泣くことで人はカタルシスを得られますからね」などと言う。ふざけるな、それは精神科医であるオレが患者に言う台詞《せりふ》だろうと腹が立つ。馬鹿げた発想だが、精神科医が占い師に敗北したように感じられた。

実は、泣いたら結構すっきりしたのである。こりゃ癖になりそうだな、気をつけなきゃ、などと思ったりもした。しかし占い師は何だか勝ち誇った顔をしているように見える。面白くない。いや、面目ないと言うべきか。

「まいったな。自分でも泣くとは思いませんでした」

「わたしの前で泣く人は多いんですよ。あなたのオーラも、ずいぶん穏やかな色に変わってきたのが見えますすよ」

「……」

動揺ゆえだろうか、この会話以降の記憶がほぼない。帰る途中で、あの嗚咽した瞬間は、セックスの途中でまだその時ではないのにうっかり射精してしまったときに似ていたな、などと考えたことだけを覚えている。

半月前に母が死んだことが、やはり伏線になっていたのだろうか。ことさら葬式で悲しんだりもしなかったのだが。あるいは、血統という意味で自分が本当にひとりぼっちになってしまったことがボディーブロウのように効いているのだろうか。

そういえば、村上春樹の短篇小説「トニー滝谷」はひんやりとした孤独感に満ちていてわたしのお気に入りだが、末尾の文章を「トニー滝谷は、とうとうひとりぼっちになってしまった」と記憶していた。そんなちょっと素っ気ない文章だったはずだ。だが急にその文章で正しかったのだろうかと気掛かりになった。果たしてその言い回しでよかったのか。

本を取り出して調べてみたら、少し違った。「レコードの山がすっかり消えてしまうと、トニー滝谷は今度こそ本当にひとりぼっちになった」と書かれていた。そうですか、レコードですか。来週、自分もレコードをすべてディスクユニオンに売り払う予定なので、妙に身に染みた。

やはり、母の思い出を語りつつそこに現在の衰退感を託してしまったから涙腺が決壊してしまったのだろう。ひょっとしたらこれで気持ちに整理がついて別人に生まれ変われるかと期待した。よるべなさが拭い去るように消えてしまうかもしれない、と。

だがそんなに上手くいく訳がない。屈託はそのままである。妻にも事の次第は話さなかった。夫がいかがわしげなところへ出かけて金一万円を払って嗚咽してきたなんて、配偶者の立場としてはあまり気分のいいものではなさそうだから。

翌日、病院で外来患者を診る合間に、あれは占いというよりもカウンセリングそのものだったなと思った。けっ、何が霊感だよ。オーラがどうした、なんてアホらしい。ただの素人カウンセラーじゃないか。ということは、わたしでも占い師になることは可能だ。確信犯として占い師を演じきれるかどうかだけが問題だろう。医療倫理を問われないだけ、よっぽど楽じゃないか。

とは言うものの……。

もしかするとあの占いの女性は「本物」だったかもしれない。その可能性は捨てきれない。つまり本当にオーラを見ていたり、こちらの心の奥底へダイレクトに働き掛けていたのかもしれない。ただのオバサン然としていたあたりが、かえって「本物」ゆえのリアリティーだったかもしれないじゃないか。

そう、たかがカウンセリングだけで自分が泣いたとは認めたくないのである。

翌週、わたしは懲りもせずに別な占い師を訪ねていた。

第二章
世界を理解する方法としての占い

翌週に訪ねた占い師は、原宿で店を張っていた。

池袋の占い師のところでは不覚にも涙を流して気恥ずかしい思いをしたくせに、全然懲りていないのである。今度こそ泣いたりするまい、などと肩を怒らせてリベンジに臨むわけではない。別の占い師、別の占い方によってどれくらい意見が違うものなのかを確かめたい気持ちがあったし、今度は何かもっと具体的なことを言ってもらいたいといった希望もあった。

思い返してみると、池袋ではどうも話に取り留めがなかった気がするし、わたしのほうばかりが喋《しゃべ》っていたようだ。それはそれでいいとして、せっかくだから手品でも見せるようにして当方を感心させてもらいたい。「すごい、当たってる！」「なぜそんなことまで分かるの？」と驚嘆してみたい。つまり占いにおけるカウンセリング的な側面とは別な（おそらくエンタメ的な）ところを、堪能してみたいのだ。いや、できればエンタメなどではなく「世界を理解し運命を解き明かす方法」がちゃんと実在することを、この目で確かめたいのだ。

占いのフードコートみたいな建物が原宿の裏道にあって、地下一階のそこにあるブースで占い師は待っているはずであった。

どうも原宿なんて場所は好きになれない。若い人が多いから嫌なのではなく、イケてると自分で信じたがっている連中の思い上がりや居直りや虚勢が微粒子となって大気汚染物質みたいに漂っている気がしてならないのだ。渋谷よりはまだ我慢ができるが、所詮は隣り合った土地でしかない。一見したところは華やかでも、気が荒《すさ》んでくる。だからといってことさら否定する気もないけれど、榮猿丸《さかえさるまる》という人の俳句で「動物園に糞を見にゆく昭和の日」というのがあって、原宿を歩いているとなぜかその句が連想される。

またしてもウィークデイの昼間である。恋の行方を占ってもらう少女と隣り合ったりするのは気恥ずかしいし、ならばお前の悩みは切実さにおいて彼女たちよりも勝っているのかと問われれば半笑いで誤魔化すしかない。自分としてはシリアスであっても、他人からすれば甘っちょろいとしか映らぬ事柄を相談に行くのはもはやマゾヒスティックな喜びと化しているのかもしれない。

でも自分の悩みの切実さは、わたしの人生そのものの興亡に関わっている。冗談ではないのだ。そのくせそんな大切なことについて占いで突破口が開けないかと期待している。どうもバランスの悪い話だけれど、「運命なんて、神々しく厳粛に思えようとも所詮は占いがお似合いの事象でしかないのさ」と嘲笑ってやりたい気分があるのだ。とはいうものの、その笑いには痛々しいトーンが混ざっていそうだ。
占いが持ついかがわしさと、わたしの自己憐憫とが、これから「まぐわう」わけである。どこか猥褻《わいせつ》な気がするのも無理はない。妻はこんなわたしの馬鹿げた振る舞いを知らないまま、今現在、多摩永山にある病院の外科病棟で忙しく働いている。そこではたくさんの人たちが死にかけている。身体を切り刻まれたり、内臓を露出させられたり、血を流したり、輸血をされたり、ヌイグルミのように皮膚を縫い閉じられたりしている。そして東京を覆う空はグラビア印刷したようにのっぺりと青く、地面に落ちる影はどれも濃い。

総合受付が「占いの館」にはある。そこで申込書に記入すると、ブースを指定される。占い師が中年の男性であることは知っていたが、予想していたほどには怪しげな印象に乏しい。個人的には、痩身で口髭を生やしたニコラ・テスラ博士かミスター・マリックか、さもなければ役者で劇作家の岩松了あたりが当方における男性占い師のイメージとなる。しかし目の前の占い師は、強いて言うなら岩松了に近いけれども彼ほどのアクの強さはない。小太りで、せいぜい微妙に非日常の要素が混ざっているだけだ。金魚の交配だとか戦前の探偵小説の蒐集《しゅうしゅう》といったテーマに熱中する人とか、妙に前衛的な食器を作る陶芸家や、上手いのか下手なのか分からない文字を書く書家あたりが思い浮かぶ風貌なのである。精神科医であると告げると、ちょっと困ったような、やりにくそうな表情を滲《にじ》ませるあたりがむしろ好感を抱かせる。

この占い師がネットで発言をしているのを読んだことがある。科学は因果律に添っているいっぽう、占いは因果律の文脈には馴染まない。むしろシンクロニシティーや共振といったものに親和性があるといった意味のことだったようで、それには当方も賛成の気持ちがある。彼は結構理論家らしい。根拠もなく九の倍数がどうしたなんて言わない。

最初に、ホロスコープをノートパソコンで作成してくれた。意外なことには、生まれたときの星の配置が安倍首相（！）に似ているという。困惑すると同時に、妙に納得がいく。わたしは安倍なんてインチキ男は大嫌いで、テレビのニュースを見ているとしょっちゅう「クソ安倍！」なんて悪態を吐《つ》いている。見え透いた態度の、むかつく政治家だと思っている。だが、安倍首相の小心さと傲慢さとがミックスされたような口調、愚かな割には妙な運の強さを発揮するそのしぶとさ（それが結局は本人にとっても日本にとってもマイナスの意味になってしまうことも含めて）、再び突然の辞任をしそうな危うさ、ぎこちない「あざとさ」、おそらく心の中に抱えているであろう低レベルの鬱屈（学歴や人望など）、力ずくの振る舞いへの憧憬などは、実は結構わたしと似通っているかもしれない。当然のことながらこちらが劣化コピー扱いとなるのが腹立たしいが。

これは正直なところちょっと新鮮な指摘であった。わたしが星占いについて持っている感想は、「当たって当然なシステムなのに、意外と当たらない」というものである。占いの基本原理として何か象徴的な体系と個人の運命との共振といったことを考えてみるなら、占星術というシステムは占いとして見事に完成し、長い年月を経て洗練されてきた方式なのだ。これに則ればそう間の抜けた結果は出ないのではあるまいか。にもかかわらず、解釈を誤ったり、精度を超えたピンポイントを占おうとして墓穴を掘りがちな気がする。

雑誌やネットの星占いがいつも頓珍漢《とんちんかん》なのに業を煮やし、もしかすると自分の生年月日のほうが間違っているのではないかと疑ったことさえある。たとえば天秤座ではなくて乙女座のほうを見れば当たっているのではないか、いやそれよりも乙女座と天秤座とを足して二で割ったほうが正確ではないのか、とか。

というわけで、通常の星占いにパラメータをひとつ関与させないと正しい結果を導き出せないのではないかと怪しんでいた。だが、わたしと安倍首相との相違ないしは類似こそがそうした食い違いをリアルに示唆しているのかもしれないと思うと、むしろ腑《ふ》に落ちるものが感じられたのであった。

星占いは、この占い師が用いる手技のメインではない。タロット、それも彼が独自に作成した〈古代日本史に準拠したカード〉がメインであった。手製ゆえか一枚ずつが厚過ぎて、シャッフルするのに往生するところが面白い。西洋のタロットと同様にカードを引いて並べると、メインのカードに「スサノヲ（須佐能乎命）」が出た。日本神話でスサノヲは、どうもイメージがはっきりしない。神様のくせに精神も態度も不安定かつ気まぐれで、お調子者だ。自己破壊的である。鬼神であり疫神《えきじん》のところもあれば、幸福をもたらしたり文化的な側面もある。スサノヲの行動を見る限りでは、境界性パーソナリティー障害に近いように思える。それがわたしを象徴しているらしい。

　率直に申せば、自己診断においてわたしは、自分が境界性パーソナリティー障害と健常者とが接するあたりに位置する人間ではないかと思っている。そんな自分を持て余しつつも、自死せずにこの歳まで生きてこられたことに我ながら感心してしまう。だから、以前見知らぬ人がブログでわたしの本に触れたついでに「この著者は、突然自殺してしまいそうな気がする」と書いていて、大いに納得した覚えがあるのだ。

　十数年前に、同僚の女性（カウンセラー）が、手相を勉強中なので言いながら戯れ半分にわたしの掌を見てくれたことがあった。しばらく眺めているうちに段々と真剣な表情になってきて、ちょっと自分では手に負えないのでプロにきちんと見てもらってくれとよそよそしげな口調で言う。何だかロクな手相ではないらしい。どう問題なのか尋ねても決して教えてくれなかった。これでは不安になってしまうではないか。

プロの手相見のところへ行こうと思っても、そう簡単には腰が上がらない。結果を告げられるのが恐ろしくもある。そのまま有耶無耶《うやむや》になり、今年になってからふとそんなことを思い出し、中野ブロードウェイで占いの店を出している女性に経緯を語りつつ掌を見てもらったことがあった。そのときの説明によれば、わたしの生命線は途中で途切れているように見える。そのため、死が迫っていると見誤ったのではないかという。

でも実際には二股となっていて、それは生活が二本立て——つまり医業と文筆業の二本立てになることを意味していただけらしい。ついでに占い師は感情線の乱れ具合に驚き、若い頃はずいぶんキツい精神生活を送っていらしたでしょうと大真面目に同情してくれた。もちろん今でもキツいのだが、おそらくそれが境界性パーソナリティー障害的なものの傍証に違いない。

タロットに話を戻すと、現在、スサノヲの精神的惑乱に近い状況にわたしは置かれているらしい。でも他のカードとの関係性を考えると、既に事態は収束に向かいつつあり心の安定は来年早々（占ってもらったのは秋）には訪れるであろうという。とはいうものの大ラッキーがやってくるわけではなさそうで、まあ中吉といったところか。もっと景気の良いことを言って欲しかったが、誠実な占い師の立場としてはそうもいくまい。
これからのわたしは安倍総理とスサノヲとに親近感を抱いて生きていくことになるのだろうか。占いによって、わたしは人生の指針を得られたのだろうか。

若い時分から、直感的に「この人はオレに似ている」と思える作家や芸術家を見つけ出すことに拘泥してきた。自分の内面と一脈通じ、しかも何らかの業績を挙げた人物を手本に生きようとしたわけである。

その一人は、前章でも言及した米国の詩人ウィリアム・カーロス・ウィリアムズであった。さらには眼科医であり私小説作家であった藤枝静男――土俗性と身も蓋もない即物性、そして自己嫌悪と奇想とを凝縮させた「異形の世界」を描いた作家である。あるいは画家のエドワード・ホッパー。アメリカの卑俗で荒涼とした世界を窃視するかのように描いた人物。さもなければ自宅にこもったまま、ただただ同じ題材の静物ばかりを描き続けた挙げ句、遂に豊穣かつ抽象的な世界へと至った画家のジョルジョ・モランディ。こうした人たちを敬愛し、多少なりとも「あやかる」ことはできないだろうかとひたすら願ってきた。

ロジェ・カイヨワはオレの発想に近いなどと馬鹿げたことを思ったこともあったし、自分に音楽の才能があったならば結成していたバンドはキンクスであったろうなどと妄想を膨らませたりもした。アホらしいと言えばその通りであるが、そこに未熟な人間なりの切実さが宿っていたこともまた事実であるのだ。彼らがわたしという星座の運行に強烈な影響を及ぼしてくれれば、とどれだけ願ったことか。

ところが占い師の口から出てきたのは安倍晋三とスサノヲであった。

いかなる形であろうと、この人物のどこかがお前に似ていると他人から指摘されるのは興味深い。ことに自分では思いもよらない指摘だった場合には傾聴に値する。そのことによって、世界と自分との関係を眺め直し認識をまったく改める可能性が生じてきそうに思えるからである。自分としては取るに足らないと信じていた部分が他人には重要である場合は少なくなく、それはわたしの盲点に他ならない。あるいは自分が重視していたことは世間的にはほぼ意味を成さなかったりする。現在の自分は後者の泥沼に落ち込み、それゆえに不全感や無力感を覚えている可能性が高い。

精神科医として長い年月仕事をしてきた挙げ句の不思議のひとつに、「ああ、この患者はわたしにそっくりじゃないか」と思った例しが一度もないことが挙げられる。向こうは病人でこちらは健常者という前提にはなっているものの、基本的な精神構造においてそっくりな人物と出会ってもいいではないか。

自分のことを境界性パーソナリティー障害に近いと感じているのだから、病理として近似した患者と出会ったことはいくらでもある。でもそれだけのことで、いわば同じように餡が詰まっていてもモナカ（最中）とアンマン（中華饅）くらいの隔たりを感じる。親近感など覚えない。ならば自分は唯一無二と考えているのかといえばそんなことはない。内面的にそっくりな人物、同一パターンの人間がいるに違いないとは思う。それなのに「わたしとそっくり」な者との出会いがないのは、きっと自分が気づかないいだけだろう。そっくりな人がいないか知人や妻に尋ねてみるのも一案だろうけれども、そんなことをした時点で本質からずれた指摘しか期待できなくなってしまいそうな気がする。量子力学において、観測行為そのものが決定的な影響を及ぼしてしまうゆえに決して真実を眺められないといったロジックと同じようなものだろうか。そうした場合の飛び道具として、占い師の指摘が有効なのかもしれないなどと奇怪な想像をしてみたくなる。

統合失調症に限っては、もし自分が発病したらこの患者みたいになりそうだなと思ったことは何度かある。だから統合失調症はまことに特別な病気である。でも発病したかしないかの違いは大きい。あくまでも彼らは空想上の自画像に過ぎない。

さてわたしの考え方の根本には、経験則に根ざした以下のような発想がある。

●人生は反復と相似とで出来上がっている。

結局のところ自分の人生はいつも同じパターンを繰り返していると痛切に思う。だからこそ経験から何かを学び取って、反復するなりに螺旋《らせん》状に向上というかレベルが上がっていくのなら嬉しいのだが、残念なことにどうも単純・単調な反復に近い。ときにはその反復がある種の懐かしさに近い錯覚をもたらして人生の味わいであるかのように感じられることもあるけれど、それはまあ滅多にない。むしろ業とか呪いに似た感覚が生じてげんなりさせられる。いや、それどころかこの反復の檻《おり》から抜け出せないのではないかという閉塞感から息苦しくなる。おまけにわたしに与えられたパターンには、あれこれと承伏し難い不体裁な輪郭が備わっている。

多くの人たちは、漠然とであろうと反復の感触があるゆえに、運命九年周期説などに説得力を感じるのだろう。たんに九年と決めつけてしまうお手軽さには疑問を覚えずにはいられないが。

反復のみならず、相似もまた生活の中に数多く散らばっている。十枚の福引き券を手に（わたしが）抽選器を十回連続して回したときの当たり外れの分布には、我が人生の浮き沈みをトレースしたかのような曲線を見出さないわけにはいかない。わたし流の知人との付き合い方と、本を書く際のエピソードの選び方には明らかに共通した構図がある。自分が好む風景は、おそらく幼い頃に特別な感慨を抱いた風景に近似したものばかりを選び取っているように思える。レストランでのメニューの選び方と、人生の岐路における判断の仕方には、まぎれもなく同じ定型が透けて見える。風邪になったときの症状の経過は、自分が不幸に陥った場合の展開に驚くほど類似している気がする。

相似が人生に蔓延《まんえん》しているのなら、占いの場で見出された何らかのパターンがその人の生き方をミニチュアの形式で再現している可能性はあるだろう。占ってもらう側の者につきまとう傾向や癖を上手く読み取れれば、その人の人生全体を壁紙の模様のように俯瞰《ふかん》することも可能だろう。原宿の占い師がネットで語っていた「占いは因果律に馴染まない。むしろシンクロニシティーや共振といったものに親和性がある」に通じる話でもある。

たとえ自分の境遇や巡り合わせが混沌としているように思えようと、遠く離れた場所から眺めてみれば所詮は反復と相似から出来上がった形象に過ぎないという発想には、鼻白む部分と妙に首肯する部分とがある。

医学生の頃に、イタリアの作家アルベルト・モラヴィア（一九〇七～一九九〇）の短篇小説を読んだ。「壁とゼラニウム」という題の、原稿用紙で十枚程度のごく短い作品である（短篇集『ぼくの世界』所収、大久保昭男訳、角川文庫、一九七七年）。

主人公の「わたし」は、ある日の午後、ふと目的もなくどこかに出掛けようとする。すると妻のリヴィアは嫉妬心を露《あら》わにしてどこへ行くのかと詰め寄るのである。まるで「わたし」が浮気相手との密会へでも行こうとしているかのように。腹立ちまぎれに「わたし」は医者へ行くのだと出鱈目《でたらめ》を答える。すると妻は、その医者はどこにいるのかと追及してくる。「わたし」はまたして口から出まかせを答える、トラステーベレのチンクェ通り六十四番地であると。

本当はそんなところへ行ったことなど一度たりともないし、車で一時間も掛かりそうな場所なのに、「わたし」はぬけぬけと断言してみせたのだ。そうして家を出た「わたし」は、律儀にも、思いつきで言い放った住所・チンクェ通り六十四番地へ実際に自動車を運転して赴いてみたのだった。いやはや酔狂としか言いようがない。

その場所には何があったのか？

特別なものなど何もなかった。

あったのは、一軒の粗末なコーヒー店だった。テーブルは四つしかなく、客は誰もいない。だぶだぶのエプロンをつけた若いボーイにコーヒーを注文し、「わたし」は視線を漂わせる。すると小広場を挟んでコーヒー店と向き合う形で、古く汚れた大きな壁が見えた。赤と茶とオレンジ色とが混ざったような黒ずんだ色の壁で、表面にはたくさんの落書きが模様のようになっている。「この壁を見つめているうちにわたしの心は冷静を取り戻した。それというのは、この壁はリヴィアが考えもせずその存在さえも知らないすべてのものの、いわば象徴だったからだ」

半時間ばかり壁を見つめてから、「わたし」は再びハンドルを握って帰宅する。既に心は平静に戻っている。

家に帰り着くと、妻も嫉妬心から抜け出ていた。それどころか、やきもちを焼いて済まなかったと謝る。驚いている「わたし」に妻は、心が変化した理由を語る。テラスに出て、たまたま目に入ったゼラニウムの花をじっと眺めていたら、なぜか気持ちが静まってきたのだと。ちょうど同じ時刻に、「わたし」はチンクェ通り六十四番地の壁を見詰め、いっぽう妻はテラスからゼラニウムを見詰め、すると二人とも気持ちが平穏になったというわけである。壁もゼラニウムも、ちっとも特別な存在ではないのに。

おそらく、「相手のみならず自分自身さえもが人生において本気で気にとめることなどないであろう物象を、よりにもよって自分は今しげしげと眺めているのだ」というどこか秘密めいた感覚、あるいは奇妙な優越感の変形、それがじわじわと心を鎮めたのであろうと示唆して物語は終わるのだった。

まことに不思議な小説であり、タイトルは「壁とゼラニウム」などと素っ気ないことこの上ない。でもこの作品は忘れ難い印象を大学生であるわたしの心に刻み込んだ。

さきほど読み返してみたが、やはり心を揺さぶってくるものがある。

今になってみると、忘れ難い印象の正体が分かる。「わたし」が眺める壁、妻が眺めるゼラニウム――それらは、まぎれもなく、お互いの人生における反復と相似からはみ出した存在なのだ。珍しくもないし、取るに足らないものでしかない。普段はろくに意識もしない。特に意味もないし影響力も持たない。けれども反復と相似の枠から外れているということは、妻の（同時に「わたし」の）人生を超越している。そうした考えようによっては不気味な事実が、些細な諍《いさか》いを契機に不意に露わになったのである。それはもはや啓示に近い特異な性質を帯びているだろう。

ありふれたつまらぬ事物が、何かの拍子に、妙なリアリティーや実在性をありありと感じさせる場合がある。

たとえばわたしの机の上に置いてあるインク瓶。いつも視野に入っているがために、あらためて意識することなどない。それがある日、たまたま「妙に」目についた。窓から差し込む朝日の具合がさながら空気の澄み切った高原におけるそれのように瑞々しかったからなのかもしれない。ほう、インク瓶ってこんな形をしていたのかと意外な気持ちに打たれた。うっすらと埃《ほこり》を被っているにもかかわらず、あたかも海の向こうから流れ着いた漂着物のような新鮮さを帯びていた。それどころか、実在感が明らかに普段と違う。光線の加減とか、そういった視覚的な問題ではない。オブジェとしてのどっしりとした質感が突出していると同時に、わたしが日常のちっぽけな悩み事に汲々《きゅうきゅう》としている様子を冷ややかに見据えているかのように感じられたのである。言い換えるなら、「真実」がそこに剝き出しになっているように見えた。

それはささやかながら衝撃であった。おそらくその実在感は、インク瓶がわたしの人生におけるいじましい反復と相似から隔たった、いわば超越した存在だったからではないのか。つまり、その実在感は奇跡という事象と通底しているからではないのか。

背中を丸めて夜道を歩いていたら、路線バスがわたしを追い抜いていった。時刻から推測すると、最終バスに違いなかった。客は一人も乗っていない。でも車内は明るく、あたかも車体の形をした暖かな光の塊が走り去っていったように感じた。そのときも、光に満たされた空っぽのバスはわたしの人生なんかとは無関係に毎晩運行を続けるのだろうなと当たり前のことを思い、すると胸を締め付けるような切なさに襲われたのだった。あの溢《あふ》れるばかりの感情体験も、反復と相似といった気落ちするような現実への自覚が前提でこそ生じたのではないだろうか。

わたしは新聞や雑誌に記されている無愛想かつ断片のような文章を好む。そうした気分もまた、わたしをわたしたらしめている「反復と相似」に対して超然としていることが重要な役割を果たしているのだろう。一例として、読売新聞一九九六年五月十日付朝刊の記事を挙げておく。

前橋市朝日町の国道五〇号線沿いの電光掲示板で、「小寺（弘之）知事が来週中に八ッ場ダム建設予定地を視察」など、一か月以上前の古いニュースが流され続けていることが九日分かった。群馬県は業者と掲示板の所有会社に放映中止を求めようとしたが、両社とも倒産状態で連絡がつかず、「垂れ流される古いニュース」に苦り切っている。

この世の中の無意味さと重層性とが実感されて、何だか嬉しくなってくるのである。それにしても我が人生が反復と相似のみで成り立っているなら、生彩を欠いた時期には塞翁《さいおう》が馬とばかりに腰を据えて潮の変わり目を待てば良いだけだろう。心配したり苛立つ必要などないはずだ。

だが今現在の落ち目に近い感覚は、いまだかつて経験したことがない。反復や相似は持続していても、X軸そのものが下向きになっている印象なのだ。成熟とか円熟といったものがあればX軸は右肩上がりになるべきなのに、これは単にエネルギーや才覚が衰えつつあることなのか。声量が衰え音程が不安定になったことに気づかない老歌手のようなものなのか。そのあたりが恐ろしい。いったいどうなっているのか、そうした不安からわたしは占いに頼りたいのである。シンクロニシティーや共振といったものに親和性を持つ占いならば、事態を解き明かしてくれるのではないのか？

占いにはいろいろな方式があるわけだが、少なくとも霊感とか感応、霊視の類以外はそれなりの理屈や理論を備えている。

問題はそうした理屈や理論がなぜ我々の命運に適用され得るのかという点なのだが、これはおおむね根拠に乏しい。どうして星の運行と人生とがパラレルなのか。必然性はさしてないのではないだろうか。シンクロニシティーや共振と説明されても、どこか論理に飛躍がある。気分的には関連があってもよさそうに思うけれど、星には象徴以上の意味合いはないだろう。いや、象徴なんて言い方が曲者なのであり、象徴という言葉は無関係なものを強引に結びつける魔法のワードに過ぎないのではないだろうか。

一種の統計学的な叡智を体系化したもの、といった言い方もあるが到底信用できない。むしろ最初に世界観ないしはアイディアがあって、それに導き出されて占いの体系が組み立てられていくスタイルが多いのではないか。が、その世界観の部分が単なる「思いつき」でしかなさそうなあたりにわたしはむしろ親近感やほほえましさを感じるのである。

では世界観とはどのようなことを意味するのか。私見では、
①あらゆる事象はいくつかの要素ないしパターンから成り立つ。
②例外は存在しない。

この二つで世界が作り上げられていると信ずることだろう。いや、例外の存在する混沌とした世界観だってあるだろうと反論する向きもあるかもしれないけれど、そうしたケースはむしろ「例外」というカテゴリーを確信犯的に設定した世界観だと思うのである。

陰陽五行思想は、世界はすべて陰と陽という対立関係の拮抗《きっこう》で成り立っていると考える。さらに、万物は五種の元素（木・火・土・金・水）で構成され、それらが互いに影響を及ぼし合いつつ生滅盛衰・変化流転して天地が存在すると定める。

いっぽうプラトンは四大元素（火・風・水・土）を唱え、これが占星術と結びついたり医学の四体液説につながったりする。思いつきには過ぎないけれど、思いつきの中には天啓に近い「広がりの余地を持った思いつき」というものがあって、そうした点では一級ということなのだろう。

基本元素が四つなのか五つなのかは美学的な問題である。カバラ数秘術の、お前の一生はひとつの数字にまつわる物語に過ぎないという決めつけ方も、いっそ清々しい。ついでに、舞城王太郎のデビュー作のタイトル『煙か土か食い物』をものすごくカッ

コイイと思った記憶があるが、それはこのタイトルがある種の胡乱《うろん》で殺伐とした世界観を明確に提示していると感じられたからである。

まずは世界観があり、そこに現実が無理矢理に当て嵌められる――それが占いの形であり、だから説得力と「オレの場合はちょっと違うなあ」といった違和感の双方が生まれることになる。占いは常に「当たらずとも遠からず」をキープすることになる。だって占い師の世界観にこちらが同意した以上はそれに合うように我々が現実を眺めてしまうわけだし、今の不幸は将来の成功への序曲といった類の考え方を取り入れれば、未来は不幸から幸福までを網羅した一連のスペクトラムとして立ち上がるのだから。

ある特定の世界観に自分が呑み込まれ組み込まれる喜び（ないしは安心感）を我々は楽しむべきなのかもしれない。

これはわたしの勝手な推測であるが、遥か昔、とりあえず何らかの世界観に基づいて占いの方法を編み出し、それを使って試しに手近な人物を占ってみたら案外当たっていたときの「驚きを超えた不思議さ」は、さぞや大変なものだったのではなかろうか。思った以上に簡単に世界の秘密を探り当ててしまったように感じられたかもしれない。その驚愕と戦《おのの》きが、延々と占いを支えてきたのではないかなどと想像してみたくなる。

ついでに書き添えるならば、わたしの本業である精神医学もひとつの世界観によって組み立てられている。たとえばパーソナリティー障害（人格障害）について。クレペリンは以下のように七つに分類する（一九一五年）。①興奮者、②軽佻《けいちょう》者、③欲動人、④奇矯《ききょう》者、⑤虚言者、⑥社会の敵、⑦好争者。

グルーレは十に分類する（一九二二年）。すなわち①遅鈍者、②興奮者、③生来性浮浪者、④生来性売春婦、⑤類てんかん型、⑥空想者、⑦敏感者、⑧ヒステリー性格、⑨偏執性人格、⑩神経性疲憊《ひはい》。

シュナイダーも十である（一九五〇年）。①発揚性精神病質人格、②抑うつ性精神病質人格、③爆発性精神病質人格、④気分易変性精神病質人格、⑤狂信性精神病質人格、⑥自己顕示精神病質人格、⑦情性欠如性精神病質人格、⑧意志欠如性精神病質人格、⑨自信欠乏性精神病質人格、⑩無力性精神病質人格。

メッツガーの犯罪性特殊類型もパーソナリティー障害に準じており九つから成る（一九五一年）。①無形式犯人、②軽佻性犯人、③不安定性犯人、④暴力性・刺激性犯人、⑤熱情性犯人、⑥好争性犯人、⑦欺瞞《ぎまん》性犯人、⑧冷情性犯人、⑨倒錯性犯人。

ＷＨＯによる国際疾病分類ＩＣＤ－10では以下の十となる（一九九二年）。①妄想性人格障害、②分裂病質人格障害、③非社会性人格障害、④情緒不安定性人格障害、

⑤演技性人格障害、⑥強迫性人格障害、⑦不安性（回避性）人格障害、⑧依存性人格障害、⑨他の特定の人格障害、⑩人格障害、特定不能のもの。ちなみに、境界性パーソナリティー障害と呼ばれるものは④に該当する。⑨や⑩を設けたあたりがWHOの巧妙なところであろうか（DSMはあまりにもクソだから無視する）。

いずれの分類も、あらゆるパーソナリティー障害者たちは我が分類法のどこかに位置を占めると豪語している。生来性売春婦といった項目が存在を主張する世界もあれば、わざわざ意志欠如性精神病質人格といった項目が掲げられる世界もある。恣意的に作り上げられた分類が醸し出す人間臭さには、微苦笑を誘うものがある。

ついでに、わたしが普段の診療で用いている診断名を示しておく。わずか六つ。治療を行うといった立場からすれば、経験的に六つで事足りるのである。

（1）統合失調症。
（2）（躁）うつ病。
（3）神経症。
（4）器質性精神病（認知症を含む）ないしは症状精神病。
（5）パーソナリティー障害。
（6）依存症。

もう少し詳しく述べるなら、（1）と（2）はいわゆる内因性精神病と呼ばれ、脳神経細胞に生化学的な失調が認められるものの、いまだに本当の原因は不明のもの。（3）はストレスや悩みによって直接的に導き出される心因性精神病。（4）は心ではなく物質としての脳がダメージを受けたことによって生ずる外因性精神病。（4）を広義に解釈すれば、発達障害も含まれよう。（5）は先天性ないしは生育史において生じた心の構造の歪み。（6）はむしろ（5）の一部と考えるべきかもしれない。

学問的には統合失調症と依存症とを同一次元で扱うのはおかしいことになるが、治療の観点からすると依存症はあくまでも独立したジャンルとなる。つまりこれら六つの総体が、臨床精神科医としてのわたしが考える「狂気の世界」の世界観に他ならない。

いかなる狂気であろうとも、六つのどれか（あるいはそのバリエーション）に収斂《しゅうれん》する。どれほどユニークさを誇ろうとも、どれだけ逸脱しようと足掻《あが》こうとも、人間はこの六通りにしか狂えない。表面的には、多重人格だとか憑依だとか死体愛好症、異食症などには目を剝きたくなるが、これらも根本を掘り進んでみれば右の六つのどれかに分類される。考えようによっては人間の豊かさや可能性すら否定しかねない話だけれど、「たったこれだけ」という呆気なさにはいっそ小気味よさすら覚えたくなることがある。

占い＝世界観によっては説明しきれぬものをわたしは知りたがっているのかもしれない。ならば占い師などに頼っても無意味ではないか。ところが占い師は独自の理屈や論理へ変数を代入し、計算結果を読み取るだけが仕事ではない——そんなふうにわたしは思っているのだ。多かれ少なかれ霊感や特異な直感力が関与しているに違いなく、必ずしも情報処理マシンではないところに占い師の価値があるはずだ。

いきなりおかしな話をするのであるが、わたしは小学五年生以来サイフを持ったことがない。お金はポケットに入れるか、鞄《かばん》に突っ込むか（ときには紙幣を封筒に入れていることはあるが）のいずれかで約五十年を過ごしてきた。不便を感じたことはない。サイフを持ちたいと思ったことなど一度もないし、これからも持ちたくない。

なぜそんなに頑《かたく》ななのかと言えば、些細だが重要なエピソードがあるからだ。

小学校のときに、同級生が毛糸で作った小銭入れを持っていたのである。いかにも手作りの、素朴なしろものであった。いや、むしろ不細工と称してもよい出来栄えであった。でも同級生はそれを嬉しそうに握りしめていた。あ、ちょっといいなと思ってどうやって手に入れたか尋ねてみたら、母親がこしらえてくれたと答えるのである。そこで家に走って帰り、息を切らせながら自分の母親に小銭入れを作ってくれと頼んだ。当然、二つ返事で請け合ってくれるだろうと期待しながら。

だが、彼女はしばらく思案してからわたしに紙幣を渡し、これで小銭入れを買えと言うのだった。

面倒というよりは、手作りの稚拙《ちせつ》なものよりも市販のきちんとした製品を与えたかったのだろう。それが母の理屈であった。しかし幼いわたしは大いに傷ついた。そういった話じゃないんだよ！　オレが欲しいのは、あんたが手間暇を掛けて作ってくれた小銭入れなのであり、世の中にたったひとつだけの小銭入れなんだよ。

以来、意地でも小銭入れはおろかサイフは持たないことにして今現在に至っている。わたしはいまだに怒っているのだ。彼女が灰になってしまっても、なお。どんなブランド品であろうと、そんなものに価値なんかない。もはやわたしにとってサイフや小銭入れは、母の拒絶やよそよそしさのシンボルとしてしか認知されないのであり、死ぬまでお金は剝き出しで持ち歩くことだろう。その執拗《しつよう》さはおかしいか？　そう、わたしの頭がどこかおかしいのは確かだ。

さてもしサイフを決して持たない事実を占い師に告げたら、彼（彼女）は舌なめずりでもしそうな表情を浮かべるのではないだろうか。「財」の寄港地ともいえるサイフを拒む生き方こそが「福」をあなたのもとに留まらせない最大の理由なのだ、などと占い師から得意げに断言されそうな気がしてならないのだ。

これが腹立たしい。想像してみるだけで腹立たしい。サイフに象徴性をいきなり与えてしまうようなお手軽なロジックは、せっかくの確固たる世界観とは少し文脈がずれているし、霊感や直感とも縁が薄いだろう。ピストルはペニスを暗示しているなどと絵解きをしたがる俗流フロイト説と似たり寄ったりだろう。だがそれでも彼らの多くは、小賢しげにサイフの件を指摘せずにいられないと思う。今までの占い師に会った体験からすれば、そのように（勝手に）推測したくなる。

といった次第でわたしにとって占い師たちは、人知を超えた能力を備えていると同時に妙に下世話で安直な側面をも併せ持つ不可解な人物なのである。

当方の考え方の根本には、もうひとつの経験則もある。

●人の心模様は、（信じたくないけれども）驚くほど図式的である。

小学六年のときに、「くじ」を作ったことがある。この話はほかの本（『臨床の詩学』医学書院、二〇一一年）にも書いたことがあるが、もう一度書かないと話が進まない。クラス単位でミニ学芸会みたいなものを開いたことがあって、その際に、わたしは自分ひとりで三角スピードくじをクラス全員の人数ぶんだけ作ったのだ。

誰かに頼まれたり命令されたわけでなく、まったくの自発的な行動だった。いかなる情熱があんな面倒なことに自分を駆り立てたのか、もはや謎であるが。事情はともかくとして、その三角スピードくじは、「当たり」とか「残念賞」とか「三等賞」などといったものではなく、箴言《しんげん》に近いものであった。

当時、駄菓子屋には「点取り占い」というものがあって（今でもあるらしい）、占いと銘打っているものの「山登りをしておにぎりをころがした」「電気を消して暴れると危険です」等シュールというか意味不明の教訓もどきが印刷されていた。わたしは点取り占いの存在をまったく知らなかったのだが、結果的にはかなり似たものを作ったのである。予言や格言に近いものかもしれない。「今夜のおかずはトンカツかも」「この学級のだれかは、やがてアメリカに住むだろう」「青い鉛筆は幸運のしるし」等々。同じ文章はひとつとしてなかった。

この怪しげな三角スピードくじを全員が引いた。わたしはクラスメイトがきっと小馬鹿にして嘲笑いながらゴミ箱に捨てていくだろうと予想していた。そんな予想をしながらもせっせと「くじ」を作った自分が不思議でならない。さて級友たちは現実にはどんな反応をしただろうか。

全員が揃《そろ》いも揃って「くじ」の内容が秘密であるかのように口を噤《つぐ》んで語ろうとせず、妙に神妙な顔つきのままポケットやランドセルにそっと仕舞い込んでそのまま持ち帰ったのであった。あたかもヤバいものをうっかり押しつけられてしまったかのように。

あの「くじ」はクラス全員におかしな影響力を及ぼしてしまったようであった。適当に思いついたことを書いただけなのに、変な臭いでも嗅がされたみたいに誰もが押し黙ってしまった。実に奇妙な雰囲気が生じてわたし自身が戸惑ったことを覚えている。そしてそのときに、どうやら言葉には不可解な影響力が備わっているらしいと気づいたのだった。なおかつ、人間なんて案外と簡単に操れるのかもしれないなどと不穏なことを漠然と思ったりもしたのである。

いったんは人の心に対して思い上がった考えを抱いたわたしであったが、そのいっぽう、三角スピードくじを作るよりも二年ばかり前に受けたダメージからは、いまだ脱することができずにもいた。

昭和三十六年四月六日——この日付を書くだけで苦々しくなってくる。いまだに腹立たしい。小学四年生であった。わたしのクラスでは、班に分かれて学級新聞を作っていた。模造紙に書いて掲示する壁新聞スタイルである。それぞれ趣向を凝らして、自分たちの新聞が一番だとばかりに対抗意識を燃やしていた。

新聞にはニュースばかりが載っているわけではない。マンガもあれば小説もある。といった次第で、わたしは宇宙ものの六コマ・マンガ（縦に三コマ、横に二列で計六コマ）を連載していた。東京都杉並区から発射されたロケットが火星に着陸し、奇々怪々な生物たちと戦う物語である。それなりにクラスメイトの支持があり、一応の人気作であった。一回がわずか六コマだからストーリーはなかなか進まない。それでもまあ、悪い作品ではなかった。

しかし強力なライバルが出現した。Ｙという女の子がオリジナル小説の連載を始めたのである。それは弥次喜多道中の現代版で、Ｙが春休みに家族旅行をした思い出をベースにしていた。ただし物語に出てくるのは二人の陽気な男性である。

当初、わたしはその物語を小馬鹿にしていた。いや、歯牙《しが》にも掛けなかった。気宇壮大な我が火星探検の物語に比べ、冴えない男二人が大阪まで行く話なんて「器が小さい」。それだけではない。彼女の連載の題名は「三六四六《さろしろ》物語」となっていた。弥次さんに相当するのが三六《さろ》さん、喜多さんに相当するのが四六《しろ》さんだからだそうで、そもそもＹがこの物語を思いついたのが昭和三十六年四月六日だったがために三六さんと四六さんになった、というのである。わたしは、内心呆れた。何だよ、そのセンスは。垢抜けないというか野暮というか、心の底から「カッコ悪い命名だなあ」と思った。そんな下らない連載など、ものの数にも入るまい。そう思った。

だがわたしは間違っていた。Ｙの物語はたちまち教室で大人気となったのである。さらには教師までもが褒めそやす。親しみやすくて面白いのみならず、小学生に相応しい想像力のありようが好ましく映ったようであった。当方の連載マンガはたちまち見捨てられ、人気は「三六四六物語」へ完全に持って行かれた。

当時のわたしは憮然《ぶぜん》としていた。人にはそれぞれ好みというものがあるのだから、Yの作品を支持する者がいてもおかしくない。通俗なんて言葉は知らなかったが彼女の作品をわたしは通俗的であると蔑《さげす》み、そんなものを喜ぶ連中のほうがむしろ多いことも分かっていた。

とはいうものの、クラス全体が一斉に彼女の作品に「なびく」のには、何か特別な力学が働いているだろう。悔しいことに、それが何かは分からない。いや、分からないどころか、どうして「三六四六物語」なんて絶望的なセンスを受け入れられるのかが不可解なのだ。自分自身を省みれば、火星探検なんてストーリーは目新しくも何ともないわけで、そんなものを得意げに描くセンスのほうがよほどおかしいと言われそうだ。そんなことは分かっている。でも「三六四六物語」には我慢がならない！

自分には絶対に理解が及ばぬ「世間の動向」があり、また自分には絶対に乗り越えられない「人気の秘密」があると、渋々ながら認めざるを得なかったのである。実に胸糞《むなくそ》が悪い。そして何だか同じパターンが今に至るも延々と繰り返され、その度に不条理感と不快感と内心の「やっぱり……」という無力感とをありありと実感するのである。

にもかかわらずわたしを支えてきたのは、あの自家製三角スピードくじがもたらした奇妙な影響力の手応えである。そうでなければ、延々と本を書き続けるなんてできるものではない。こうして原稿を書きながら、オレの人生は「三六四六物語」に負けた不快感と三角スピードくじで得た全能感のミックスで成り立っているのだなと痛感する。ただそれだけ。奥行きなんか何もない。つまりそれが「驚くほど図式的である」ということなのだ。精神分析医に今書いたことについて偉そうに指摘されたら、さぞやムカつくことだろう。でもそれは、認めざるを得ない。

図式的、ということに関連してもう少し書いてみよう。

わたしは嫉妬深いのである。我ながら品性を疑いたくなる。他人の成功や栄誉は実にもうクソ面白くない。素直に褒め称えたり祝福することができない。ああ、オレは最低だなと思いつつ、表情が強ばる。たとえ自分が関与していない分野であろうと、他人がスポットライトを浴びること自体がムカつく。だからといって他人の足を引っ張ろうと虎視眈々《こしたんたん》というものでもなく、たとえば書評を依頼されてその本が優れたものだったら精一杯その素晴らしさを説き、応援する文章を本気で書く。その程度の分別は持ち合わせている。でも脊髄反射レベルでの嫉妬心発動はどうにもならない。苦しくてたまらない。

嫉妬なんかしてどうなる、他人の幸福を心から祝福し得るようでなければ人生など惨めになってしまうに決まっているではないか。他人が勝ち、自分が負けたように感じて相手を憎むなんて人間として最低だよ。自分で自分の人生を汚しているだけじゃないか。

そんなことは分かっているのである。でも駄目なのだ。うんざりする。嫉妬深さには、自分自身でほとほと手を焼いてきた。辟易している。どうしてオレはこんな下品な精神の持ち主なのか。

その答えが、先日、シャワーを浴びている最中にいきなり見つかったのである。ああ、そうだったのか。薄々気づいてはいたんだけど、案の定こんなことだったんだよなあ。

答えを文章に綴るとまさに図式的な話になってしまって身も蓋もないのだが、とりあえず書いてみよう。

まず、わたしの人生における人間関係は「わたしと母」――ただそれだけで成り立ってきた。父はどうした、兄弟姉妹はどうした（ひとりっ子である）、妻だっているだろう（子どもは最初からいない）、知人もいるだろうとツッコミを入れたくなるだろうが、根っこの部分においては「わたしと母」しかない。父が亡くなり、母が亡くなり、妻と二人で暮らしていてもなお「わたしと母」である。キモいとか映画の『サイコ』みたいとか言いたくなるかもしれないが、こうした関係性がものすごく特殊であるとは思っていない。特攻隊が突っ込むときに「お母さん！」と叫んで散っていった兵隊が多かったと聞いたことがあるが、それに近いものかもしれない。もう少し説明してみよう。

普段は母親のことなんか意識に上らない。意識に上る頻度ならば、圧倒的に妻である。ではわたしは何のために生きているのか。それなりの喜びや充実感を追い求めてはいるが、最終的には安心感を追い求めている。どんな安心感かといえば、母に認められることで生じる安心感であり安堵感なのだ。

何らかの仕事をわたしが見事に達成したとして、それを妻が認め賞賛しようとも、想像の中において母が認めてくれそうになければ駄目である。いくら世間が認めてくれたとしても、そんなものは表面的かつ一時的なものに過ぎず、母親の承認を経てやっと喜びが倍増する。そうでなければ価値はほとんどない。意識するかどうかとは無関係に、これは母が認めてくれそうだという手応えは直感的に分かる。その手応えが訪れない限り、わたしは無能な駄目人間でしかない。最後の検閲は母に任される、といった意味でわたしの人生には「わたしと母」しかいないのである。

なぜそんなことになっているのか。知らねーよ、そんなこと。気がついたらそうなっていただけなのだから。

でも無理に想像をしてみるなら、母に認めてもらえないことはすなわち見捨てられることであり、その寂しさに自分は絶対に耐えられないからだろう。確実に自尊心も自己肯定感も崩壊するだろう。だから必死なのだ、母に認めてもらうことに。

では父はどうなのか。父にはことさら負い目がないから平気である。男同士のライバル意識もさしてない（恬淡《てんたん》としているのである、本当のわたしは）。他方、母には負い目がある。母の期待に応えていないという負い目が。いや、彼女が何かを期待していると表明したことはない。だから余計に厄介なのだ。そして何よりも当方の外見の醜さが母を深い失望に陥れているはずなのである（いわゆる醜形恐怖といった病理とは無関係の話である、念のため）。彼女は、わたしが言うと変に聞こえるかもしれないが美人である。その母にわたしは似つかわしくない。不細工だから。みっともないから、自慢の息子になっていない。勉強なんかいくらできても、顔かたちが見苦しくては価値なんかない。誇るに足る息子じゃない。おそらく彼女はそう思っている。そういう人なのだ。息子の器量などどうでもいいと彼女は言うだろうが、それは本心じゃない。我が母の価値観はそんな具合には出来上がっていない。

したがって何をどう頑張ろうとハンディは埋められない。もはや絶望的な戦いでしかない。だって顔が醜いのだから。それでも見捨てられないように「せめていいところを」見せ続ける苦しさは辛い。外見云々《うんぬん》なんて言っても意味をなさない六十男になってすら、その負い目はどうにもならない。母親が死んでも駄目である。

そこで嫉妬深さの件に戻ると、誰かが栄誉や名誉を得た場合、もし自分がそれを得たとしたなら母は認めてくれるだろうかとのシミュレーションを、どうやらわたしは反射的に行っているのだ。そして認めてくれそうだと判断すると、それを他人が成し遂げたことに怒りが生じる、あたかも自分に心の平和をもたらすことができるツールとなるはずだったものを横取りされたかのように。だから嫉妬といっても、それは実は大切なものを掠《かす》め取られたかの如き不条理感と腹立ちなのである。嫉妬される側はいい迷惑だろうけれど、わたしだってそのような感情がオートマチックに生じてくるうえに自己嫌悪に取り憑かれるのだから困っている。本当に困っている。でも、まあ少なくともわたしの嫉妬心は「母への貢ぎ物を横取りされた怒り」の変形だったらしいと気づいたのである。

気づいた当初は、ああこれでオレの心の悩みがかなりの部分氷解したじゃないか、と嬉しくなった。ひょっとしたらこれこそ救いというものではないかと本気で思った。今日からオレは生まれ変われるかもしれない。

しかし、しばらくすると元《もと》の木阿弥《もくあみ》になってしまった。とは言うものの、いったん鎌首をもたげかけた嫉妬心を自分で抑え込むことはいくらか可能にはなった。それだけでも大変な進歩なのかもしれない。

自分の心の単純さや安っぽさを痛感すると同時に、こんな図式的なことに考えが及ばない自分を不思議に思わずにはいられない。でも、そんなものだとも思う。だからカウンセリングなんて仕事が成立するのだろうし、占い師の能力にもこうした図式を見抜く才能が必須に違いない。いや、占いというシステム自体が「人の心模様は図式的である」という認識と相性が良いのである。だから、それなりに甲羅を経た占い師は、かなり本質を突いたことを言うのではないかと考える。

さて、わたしのことを母親の呪縛から抜け出せない哀れな存在と見なすこともできよう。そのことに腹は立たないのか？　腹が立たないくらいに呪縛に取り込まれている、というのが正解だろう。でもわたしなりの復讐に近いものもある。ときおり想像してみては屈折した楽しさを覚えるひとつの「妄想」があるのだ。

それはどういったものか。

まだ若かった頃のわたしが、母親に向かって真剣に告白をするのである。意を決した表情で、唇を震わせながら告白するのだ。自分は実は女になりたいのだ、将来的には性転換をして美容整形も受けたいのだ、と。ここで釘を刺しておくけれど、わたしが実際にそうした欲望を持っているというカミング・アウトではないので誤解しないでいただきたい。たとえ架空の話であってもそういった内容を思いつくところに無意識の願望が反映されているなんてつまらぬことも言わないでいただきたい。そんなツッコミは程度が低い。それよりも、とにかくわたしはそのように性的アイデンティティーのゆらぎを母に告白するのである。そのとき彼女はどう反応するか。

一瞬戸惑った後、母は「分かった」と言うだろう。そして驚くほどてきぱきと手順を決めるはずだ。彼女が知っている一流の（たぶんゲイの）メイクアップ・アーティストのところへわたしを連れて行く。ブランドものの店に連れて行って服を見立てる。おそらく、息子は性を変えたがっているので、と躊躇せずに顔見知りの店員に言うだろう。そんなときは体裁なんか気にしないし、もちろん金なんか惜しまない。整形だの性転換についても、精力的に情報を集めるだろう。息子の告白に失望するよりも、むしろ嬉々として彼女は動き回るに違いない。

それは醜いわたしが美しく変貌することを期待するというよりは、彼女なりに息子の人生へ関与できることへの喜びだろう。言い換えれば、そんな異様なシチュエーションを想定しなければ、わたしと母とは和解できない。だがこの共同作業には、グロテスクさと甘美さとが混ざり合って、おかしな高揚感をもたらすに違いない。というわけで、一瞬戸惑う母の表情から始まるこの一連の出来事は、わたしの脳内YouTubeと化してときおり自虐的な楽しみをもたらしてくれるのだ。ディテールの隅々までをも、ハッキリと手に取るように思い描くことができるのが醍醐味である。

あえてこの発想に至った伏線を述べておくなら、それなりのエピソードがある。いきなり光線過敏症になったことがあった。十五年くらい前だろうか。おそらくストレス性と思われる。紫外線に反応して、とくに顔がアトピーのようになってしまうのである。激しい痒《かゆ》みのみならず発赤《はっせき》や浸出液まで生じて、いかにも皮膚病みたいに顔がなってしまう。もともと醜い顔が皮膚病では、もはや他人に不快感以上のものを与えてしまいかねない。泣きたくなった。

皮膚科に相談してみるものの、紫外線を避けるしかないという。昼間は外に出るなというわけで、ドラキュラじゃあるまいしそれは無理である。そうなると、せめて日焼け止めクリームを顔に塗るしかない。

妻からその話を伝え聞いた母は、びっくりするほどたくさんの種類の日焼け止めクリームの試供品を送ってきた。おそらく懇意にしている伊勢丹の外商に依頼して、一階の化粧品売り場から集めたのだろう。ある晩、宅配便で届いた段ボール箱にクリームの小さなチューブがびっしりと詰め込まれているのを目にしたときは、母の優しさと支配欲との混ざった暑苦しい感情が瘴気《しょうき》のように漂い出てきたものである。わたしは妻に言ったものである、「クリームを次々に試しているうちに、化粧の快感に目覚めちゃったりしてさ」。

たぶんこの化粧品メーカーの日焼け止めクリームの件が、先ほどの脳内 YouTube のもとになっているのだと思う。なお光線過敏症については、ステロイドの塗布は避けたいしと悩んだ挙げ句、漢方の梔子《しし》柏皮《はくひ》湯《とう》を服用することでどうにか治まったのであった。

個人的な話はここでいったん切り上げ、「人の心模様は、(信じたくないけれども)驚くほど図式的である」という法則は精神科医として仕事をしているとつくづく実感する。話の筋道をうんと簡単に要約してしまうと図式的になるというよりも、人は自分のことに関しては図式的であるという事実が分からないようにできているとしか思えないところが肝要である。そのように心は形作られているのであって、だから自分は特別だと思えたり現実離れした希望を持てたり愚かな振る舞いを繰り返したりするのであろう。

ある種の人たちは精神医学や心理学を何か人間をナメた学問と感じているようである。また占いについて、人生の奥深さをチープな方法論で冒瀆《ぼうとく》する営みと感じている人もいる。それは無理もないことで、どちらもが平然と人の心や森羅万象を図式化して憚《はばか》らないからである。それはときに不謹慎に映り、ときには突き抜けた覚醒をもたらす。

占い師の許を訪れるとき、本当のところ、わたしは何を求めているのだろうか。少

なくとも、求めているものは複数だろう。例えば、
・自分が置かれている現状を、占いの観点から説明してもらいたい。
・もしかしたら、自分は現実認識や運命について悲観し過ぎているのではないだろうか。思い違いをしているなら、ぜひとも訂正して欲しい。
・自分はどのように生きるべきなのか、運命から何を託されているのかを知りたい。
・未来を語ることを通して希望を与えてもらいたい。
・占いという形で、本当の奇跡と遭遇してみたい。
——といったあたりだろうか。正直なところ、わたしは辛口の託宣を求めてはいない。自分に好都合な話だけを聞きたい。でも、それだけではない。占い師それぞれが持っている世界観の中に自分が位置づけられることが醍醐味なのである。

　それはあたかも自分がピラミッドの壁画の中に線描画となって入り込んでしまうような体験に思える。今自分が生きている世界は不可解の一言に尽きるけれど、占い師のシンプルな世界観の中でわたしは不条理さの不安から脱出できる。他人の世界観に呑み込まれると、スリルと安心感をもたらしてもらえる。

　母親に認められなければならないという強迫的な世界に住むわたしを読者は哀れんでいるだろう。しかし決して認めてはもらえないことを知りつつ足掻き続ける振る舞いには、ある種の依存性がある。クセになるのだ。辛いと言いつつ執着せずにはいら

れない。母親の世界観に呑み込まれることには倒錯した喜びがある。その結果として自分が異形な存在になろうと、構うものか。

そういえば母はいつも寝る前に、いや正確にはアルコールで睡眠薬を流し込んでから眠気が訪れるまでの間、必ずトランプの一人遊びをするのであった。たぶん10《テン》というゲームだったはずで、眠くなるまで延々とそれを繰り返す。夜中に何かの加減でふと目を覚ますと、リビングからトランプをシャッフルする音が鳥の羽ばたきのように聞こえてくることがあったものだ。

わたしはあのトランプの中の絵札、たとえばクラブのジャックにでもなってしまったほうが幸福だったかもしれない。平べったくなったわたしは、口髭を生やして冠を被り、まことしやかにカードの中に入り込む。そしていつ果てるとも知れないゲームの中で、ひたすら母と戯れ続けるのである。

第三章

カウンセリングのようなもの、としての占い

池袋の占い師の前で嗚咽してしまったことは、べつに恥ずかしくはなかったが、自分が精神科医であるにもかかわらずうっかり隙を見せてしまったかのような悔しさを覚えたのもまた事実であった。いや、それだけではなく、涙によってある種の「せいせいした気分」を味わいもしたのだった。泣いているところは誰にも見せたくない姿であったから、そうした点では「いかがわしい」ことに手を染めたみたいな陰気な楽しみすら感じた。

女占い師が魔女めいた化粧をしてマツコ・デラックスのような服でも身にまとっていたなら、すべては冗談でしかなかったと割り切れたかもしれない。だがその占い師は、ごく普通の化粧をし、そこらのスーパーへ買い物に行くときのような普段着姿の主婦に見えた。芝居がかったところがまるでなかった。そんな普通っぽさで満たされているにもかかわらずオーラが見えるとか霊視がどうしたなどと断言するちぐはぐさが、わたしを混乱させたのである。

あざとい化粧や服装、まことしやかでキッチュな道具立てで「武装」していないのは、もしかしたら絶対的な自信のあらわれではないのか。つまり本物の透視能力や予知能力を持っている証左ではないのか。あるいは、呆れるばかりに投げやりで無防備でプロ意識に欠けているだけなのか。まさか後者なんてことはあるまい。そうなると、こちらとしても平静ではいられない。

別に超能力的なものを否定する気はないが、もしそうしたものが実在したとしても、ごく稀に、心身のコンディションが最高のときに限って発揮される種類の才能ではないだろうか。それにそんな能力をいつも発揮していたら、副作用で本人はどんどん衰弱したり老化したり寿命が縮むのではないか。そのように危険で禍々しいものこそが神秘的な能力であるはずだ。でもその占い師は血色が良く、すこぶる健康そうに見えたのである。すると、彼女は超能力など身につけていないようにも思える。

と、そんなふうにクライアントを困惑させる時点において、もはや占い師は優位に立っていたのだ。向こうとしては、あとは自信たっぷりの態度を貫けばよい。

わたしは、「一見、普通の人にしか見えない」人物にこそ気後れするのである。自己顕示欲全開でしかも小賢しさと弁舌における反射神経ばかりがむやみに発達した連中よりも（そんな連中は見飽きた！）、朴訥《ぼくとつ》で目立たない生活を送っている「普通の人」のほうが遥かに奥行きがありそうに感じられてしまう。

国政選挙の結果だとか人気のあるテレビ番組の内容、ベストセラー・リストなどを見ると世の中バカばかりと思いたくなってしまうけれども、そういったもので判断するほうが（たぶん）間違っているような気がする。

ラッシュアワーのホームで群がる客をてきぱきとさばくキオスクの女性従業員や、東京スカイツリーを建設する鳶職《とびしょく》や、手先の感覚だけで精密な凹面鏡を磨き上げる町工場の工員や、家の中を一瞥《いちべつ》しただけで荷作りに必要な段ボール箱の数を言い当てる引っ越し会社の社員や、半生を費やして見事な盆栽を仕上げていく植木職人や、客の顔と名前をすべて記憶しているドアマンや、そうした巷《ちまた》の無名なエキスパートたちの一人として、運命を見抜くことに途方もない能力を発揮する人間がいてもおかしくはないのではないか。居酒屋で飲んだくれている貧相な老人が深遠な人生哲学を語るみたいな通俗ロマンではなく、もっと地道で堅実な形で数多くのエキスパートたちが世間にはいるに違いないのである。

おそらくわたしの年収は彼らエキスパートたちの大概よりも高いだろう。だが精神科医なんて仕事はもっとも難易度が低い。そのことだけで気まずくて仕方がない。

おかしなことを言うと読者諸氏は思われるかもしれないが、3・11の大災害を見聞きしてわたしは何を感じたか。たくさんの死者が出たこと自体には、なぜかほとんど心を動かされなかった。薄情なものである。一定の周期で大災害が起きて多数の人命が失われるなんて、所詮それが世の中の法則であり自然の摂理だとしか思わなかった。

だがそのいっぽう、個人的には、人間の存在感が際立つところを無名のエキスパートたちのみならず「わたしにはできないことを行える人たち」というあたりに求めている（それはつまりわたし以外のすべての人たちということに他ならない）。したがってわたし以外のあらゆる人間に敬意を表する気持ちはあるのだ（その気持ちを打ち消してしまうような振る舞いをする残念な人たちもしばしばいるけれど）。そのような多数の「存在感」があっという間に消滅してしまったことを、まことに勿体《もったい》なく思うのである。そう、勿体ないのだ。

魚群の位置を勘と経験から言い当てられる人も、魚を捕る網の繕《つくろ》いが巧みだった人も、コロッケを揚げるのが得意だった人も、結婚式のスピーチの名人も、二十年前の電卓をいまだに大切に使っていた人も、町内の嫌われ者も、宝くじで三等を当てたことがある人も、チューリップを育てるのが楽しみだった人も、霊視ができる人も、みんないなくなってしまった。拭い去られるようにしていなくなってしまった。

——何てことだろう、それはわたし自身の無力感を膨れ上がらせ、よるべない心持ちにさせる。自分が苛まれている孤独感をより一層、浮き彫りにする。

でもそれだけ。追悼の気持ち（に似たもの）があってもそれはきわめて個人的な事情に基づいているわけだから、他人と弔意を共有する気など毛頭ないし、できることでもない。あくまでもわたし個人の事情でしかない。

だからたとえば3・11以降の文学なんて大仰なテーマを論じたがっているような人

たちを目にすると、その騒がしげなメジャー感に圧倒されてしまう。まったく理解の埒外《らちがい》といった不思議な気分にさせられるのだ。

ところで医療の文脈において、精神科医やカウンセラーの外見や印象が大切なのは当然だろう。説得力に満ちた豊かな声の持ち主だとか、他人を安心させるような笑顔の持ち主、包容力を感じさせるような体格や顔つき、クライアントを驚かせる程の華奢《きゃ》で美しい手の持ち主（手が際立って美しい医療者というのは、患者に忘れがたい印象を残すようである。中井久夫先生もそんなことを書いていなかったろうか）、警戒心を解かせるに足る愛嬌の持ち主などは、天与のものという点では天才の範疇《はんちゅう》に入るかもしれない。

いっぽう、不細工な顔と典雅な喋り方とのミスマッチが大きな演出効果をもたらす場合だってあるだろうし、ソツのなさや淀《よど》みのない口調がかえって不信感をもたらしたり、余裕に満ちた態度が相手の劣等感を煽《あお》るようなことだってあるに違いない。相性の問題もかなり大きい。

ナンシー・ベイカー・ジェイコブズのミステリで、女探偵を主人公にした『復讐の赤』（高野裕美子訳、ハヤカワ・ミステリ文庫、一九九四年）という長篇がある。成功したキャリアウーマンを次々に結婚詐欺で騙して財産を巻き上げるブレントウッド・ピーターズなる男が登場するのだが、この人物造形が面白い。女探偵の一人称で語られている。

わたしはベルを押した。ブレントウッド・ピーターズがドアを開けた。依頼人たちから聞いてはいたが、彼の容貌があまりに平凡なのに軽いおどろきをおぼえたほどだった。灰色の髪は薄くなりかけ、淡いブルーの目のまわりには深いしわが刻まれている。年齢はおそらく五十代ころだ。それに理想の体重より十五ポンドほど太りすぎている。もちろん、醜男というわけではない。しかし、いい年齢をした女たちがこんな男にころりとだまされて、口座まで空っぽにされるとは……。

なぜそんな冴えない男が、世慣れたはずの女たちを手玉に取れたのだろうか。

「ぼくは前向きに生きていく女性が好きですよ。ほしいものを手に入れるためには時として思い切った賭けに出なければならない、というのがぼくの哲学です」ピーターズが笑うと顔がぱっと輝き、一瞬、彼がハンサムに見えたほどだった。

なるほど、笑顔が素敵なのはポイントが高い。もっとも、自分では素敵な笑顔を浮かべたつもりでもキモいと思われることがわたしにはあるが。

彼は女性の心をとらえるこつを心得ていた。つまり、人の話を実に熱心に聞くのだ。わたしが何をいったかちゃんとおぼえていて心から気遣っているような態度を見せ、話題が何であれ、それに対するわたしの意見が何より大切だといった様子だった。女を口説く一番の方法は熱心に話を聞いてあげることだという、実に単純な事実を、ほとんどの男たちはわかっていない。女友だちと話す時のように、相手が本音で語りあえる男性だったとしたら、それだけでたいていの女たちは熱い好意を抱くだろう。ブレントウッド・J・ピーターズはその秘密を知っていて、それを巧みに利用していた。

相手の話へ熱心に耳を傾けることがモテるコツ、といった話はかなり知られているのではないだろうか。もはや都市伝説に近いかもしれない。

でもそれを実践している人は案外少ない。だって相手の話はおおむねつまらないうえに「くどい」のである。聞いていること自体にうんざりしたり、つい「そんなに嫌なら、無視すりゃいいだけじゃないか」などと身も蓋もないツッコミを入れたくなるからだろう。たとえそうしたことを我慢したとしても、多くの人は、相手の話が一段落した時点でどうコメントを口にすれば良いのかに迷うらしい。「ああそうですか」と言うだけでは芸がないし、素っ気ない。解決法や有益なアドバイスなんか思いつかない。形だけの慰め（明けない夜はない、とか止まない雨はない、など）や同情の言葉を吐いても、おざなりであることを見破られそうだし、つまり聞き終えたあとにどう着地しようかと考えると傾聴も苦痛になってくるということなのだろう。

この点、占い師は楽である。自分の占いの流儀に従って結論をズバリと言えばいいのだから。「現在の星回りからすれば、あなたがそうした不幸になったのは当然だと思われますし、来月の満月には金星と冥王星がスクエアを作るので運気は一挙に好転します」なんて台詞をクライアントは期待しているわけである。あるいは「あなたのオーラは、そうねえ、色が濁っているの。おそらく捨て鉢な気分がそうさせているのね。イメージでいいから、自分は透き通ったブルーのオーラに包まれていると空想しなさい。そうすると心のありようも変わってくるし、今までの悪循環が逆方向に回り始めます」などと言い切れば良い。

占い師は言い切ること、断言することが仕事である。迷ったり逡巡する占い師なんて必要ない。それは困惑顔の司令官のようなもので、部隊は一気に戦意を喪失する。おそらく、断言をするための演出として、いかにもな外見や舞台装置や小道具が必要なのである。それがあるがために、クライアントからの反論も（概して）避けられる。

では精神科医やカウンセラーは、どのようにして傾聴の場面を着地させるだろうか。専門家の権威に基づいて、「あなたの行動の裏には、〈母を困らせてやりたい〉という子ども時代から培われてきた深層心理が潜んでいます」なんて言ってみるのもひとつの方法ではある。もっと端折《はしょ》って、「そりゃ毒親のせいだね！」なんていきなり結論づける医療者だっている。おそらくそのような医療者のもとへ行く患者はそのような台詞を求めているのだろうから、いわば予定調和として上手く着地したことになるのだろう。それゆえに、何らかの主義主張や方法論を強く打ち出している医療者は、限りなく占い師に接近することになる。

だがそのように「癖のある医療者」であろうとは思わない多くの専門家たちはどうしているのか。長年、あちこちの医療機関で外来を担当してきた身としては、隣の診察室から漏れ聞こえる会話を耳にする機会が案外と多かった。いったい同僚諸氏はいかなる具合に患者の話を傾聴し対応しているのか、参考のために知っておきたくなるではないか。

結果から申せば、「え？　あれで通用しているのかよ」と呆れざるを得なかったのである（わたし自身のことは棚に上げておく）。およそ共感とは程遠い「おざなり」

な対応、賛同しているのか反対しているのか判然としないよそよそしげな沈黙、小馬鹿にしていると受け取られても仕方のなさそうなフランクさ、まるで子どもを諭しているかのような口調——よくまあ患者は怒り出さないものだ。いや、それで満足している患者も結構いるらしいのだから、構わないのかもしれないが。

世の中、こちらが予想する「相手の満足度」と、本人が実際に感じる満足度とが同じとは限らない。たとえ相手の立場に立ってみたつもりで想像力を働かせてみても、そこにはどうしても限界がある。精神療法（支持的精神療法）と呼ぼうがカウンセリングと呼ぼうが、実際にそれを行っているわたし自身が「こんなんでいいのかな？」と心許なくなることは少なくない。にもかかわらずどうにかクレームも出さずに仕事をこなしていけているのには、一応の目安があるからだ。

その目安には（おそらく読者にとって）いささかの意外性が伴っているかもしれない。まあ企業秘密みたいなものであるけれど、それをここに挙げてみるなら——、

（1）相手には悩ましい事情や困った案件があるわけだが、そういったトラブルそのものへの助言や忠告は不要である。解決してあげる必要もない。トラブルの結果として相手が陥ってしまっている〈孤独感〉、それを癒すことを第一義とするのが最大のコツ。

（2）きちんと相手の話に耳を傾け、共感を示すだけで〈孤独感〉は相当に解消されるものである。マーフィーの法則には「悩みを相談してくる者に必要なのは、解決策ではなく〈聴き手〉である」というのがあり、これは確かに本質を突いている。

（3）どんなに疑い深く屈折した人間でも、聴き手がある程度熱心な態度を示している限りは、「こいつ、聴いているフリをしているだけじゃないのか？」「真剣そうな顔をしていても、本当は腹の底でせせら笑っているんじゃないのか？」なんてことは考えない。そういった意味では、傾聴の場では性善説が通用する。

（4）相談者の質問には、聴き手がそれに真っ正面から答えられなくとも（ズバリ！の回答をしなくとも）、「それじゃ役に立たないじゃないか」「はぐらかされた」と失望はしないものである。返答に窮したら、「困ったですねえ」と呟きながら、一緒に困った顔をすればよろしい。

（5）聴き手に向かって患者（相談者、クライアント）は本音をしみじみと語る――その行為そのものに、重大な意味がある。

なぜなら聴き手＝他人にきちんと分かるように語るためには、状況や背景や経緯を頭の中で分かりやすく整理し全体を俯瞰し、そのうえで適切な言葉を与えて（言語化して）喋らねばならないからだ。そのような回りくどいプロセスにより、何が得られるだろうか。五つある。

①頭の中で整理をしているうちに、冷静さを取り戻せる。
②整理・俯瞰を通じて、さらにはそれを語ることを通じて、自ずから問題点や対応法が本人には見えてくる。「ああ、そういうことなんだよなあ」
③喋るという動作と耳をそばだててくれる相手との関わりを通じて、孤独感が払拭されていく。目を背けたい事柄とも向き合うだけの気力が湧いてくる。自問自答やSNSだけではそうならないし、つい誤魔化しや脱線に逃げて②が実践できないものである。やはり目の前に（生身の）聴き手がいることが重要なのである。
④喋るイコール「鬱積していたものを一気に吐き出す」わけで、そこには生理的な快感が伴う（涙を流すことも同様である）。せいせいするわけだ。
⑤自分が喋る言葉を本人は自分の耳で聴き取るのであり、それが自身を客観的に眺め直す契機となる（作家の中には自分が書いた原稿を音読する人がいる。そのことで文章の流れに淀みがないかをチェックすると同時に、黙読ではなく音読を通じて今までとは別な角度から原稿を吟味するわけである）。
（6）結局、聞き手は相手に心ゆくまで「独り相撲」を取らせるのである。
本来、孤独な状態で独り相撲を取っても悩みは煮詰まるばかりだ。見当外れな思考に陥りがちだ。にもかかわらず、行司がいると独り相撲に効果が生ずるところに傾聴の本質がある（そう、カウンセラーや精神科医はむしろ行司に近い立場なのだろう）。

そして独り相撲の勝敗は、あるいは独り相撲そのものの滑稽さに気づくことは、それを行う本人自身に委ねられる。

——以上六点は、いろいろな形で他人から学んだり自分の経験から導き出された要諦である。いまだに「本当にこれでいいのかな」と躊躇する部分もあるが、疑いを持つとかえって上手くいかない。どうやらこれが現実というものらしい。とりあえずこれらを確信犯的に信ずることから治療は始まるのである。

おそらく読者諸氏がいちばん引っかかるのは、(4)ではないだろうか。たとえば「わたしは理由もなく他人から嫌われるんです。いつだってそうです。自分なりに、他人に不快感を与えないように一所懸命気を配り、ときには不本意なことでも相手に無理矢理合わせているのに、いつしか嫌われてしまうんです。それって、おかしいじゃないですか。先生、わたしのどこが問題なんでしょう。何がいけないんでしょう。教えて下さい！」と真剣な顔で迫られたときに、「それはお困りですねえ」なんて返答が通用するのだろうか——そう訝《いぶか》るのは当然だと思う。

でも現実の場面において、「ふうん。〈ときには不本意なことでも相手に無理矢理合わせている〉なんて調子で、いかにも相手に妥協しサービスをしてやっているんだと言いたげなあなたのその態度こそが、相手に違和感や気まずさを覚えさせて敬遠されてしまう理由じゃないですかね」といった指摘はしないし（わたしは時々するけれど）、「あなたは孤高を運命づけられた星回りの下に生まれているのだから、下手な迎合はますます不自然な生き方となって自分を不幸にするのです」とも言わないし、「嫌われているのではなくて、嫉妬されているんですよ。あなたはいつも他人が気づかないことに気づき、でもそれをあえて口にしないタイプでしょ？　そうした能力を嫉妬され、あるいは煙たがられて、その結果として孤立してしまうんです。ほら、そうした一部始終がそっくりそのままタロット・カードの配置に出ていますよ」なんてことも言わない。となると、「嫌われてしまう？　そりゃあ辛いよねえ。世の中、そんなものなのかなあ」と返すことが適切なのか。

質問する側は、率直なところ、自分が嫌われてしまうという「自分が認識している現実」そのものに多少なりとも懐疑を抱いているだろう。もしかすると錯覚かもしれない、と。だから本当は否定してほしい。でもそれを安易に否定してかかるような相手は、いかにも気休めを簡単に口にするタイプのように思えて信用したくない。といって嫌われることを肯定されるのも辛い。つまり否定されるのも肯定されるのも嫌なのである。勝手なものである。そして嫌われないための方策を切望すると同時に、そんなものが簡単に分かるようだったら自分の人生は何だったのかという思いもある。

自分の生き方について「些細だけれど重要な」盲点を指摘してもらうのが、おそらく質問者が待ち望んでいる回答なのではないだろうか。

ならばそれに対する悪魔的な回答がある。「あなたを観察していると、喋る内容と表情とが微妙に食い違って見えるんですよ。そこがまさに、他人から疑われ敬遠される理由ですな」というものである。たぶん、この指摘は万能のワイルド・カードである。相手は、そんなことはないと否定などできないのだから。自覚のしようもないのだから。その気になれば、この説明のみで大部分の人たちの生きにくさを説明してみせることだって可能だ。だからわたしは、場合によっては最終兵器のひとつとしてこの言葉を用意はしておくけれど、相手を救うための道具としては役立たない。

質問者は、いかなる回答にも満足してくれない。と同時に、いかなる回答であろうと満足してくれる――相手が真摯に付き合ってくれるならば。そこが重要だろう。だからこそ、せめて答えにならない答えを発しつつ一緒に困ってみせるだけで十分らしいという話になってくる。

「嫌われてしまう？　そりゃあ辛いよねえ。世の中、そんなものなのかなあ」で十分なのである。ちゃんと答えなくとも、孤独感を癒すような朴訥な発言さえしておけば、相手は少なくとも五割は満足を覚えるだろう。突飛でユニークな言葉を与えられるよりは、馴染んだ言葉を誠実に語られるほうが人は安心する。そしてセッションの着地点は、「よくぞ胸の内を話して下さいましたね。これであなたは解決への第一歩を踏み出したのです」といった力強い言葉で締め括られよう。ただし占いの場においては、占いのセオリーに添っての断言をクライアントは希望している訳だから、斜め上の回答であろうと明確に言い切ることが大切になるはずだ。

結婚詐欺師のブレントウッド・ピーターズは、なまじ冴えない外見だからこそ、親身になって聴く態度にリアリティーが付与されたのであった。冴えない外見ゆえに味わった悲哀や悔しさがあるに違いなく、それをさりげなく匂わせれば相手は自分の苦しい気持ちが理解してもらえることを確信するだろう。声は小さいほうがいい。ひそひそ話に近いニュアンスのほうが、胸の内は打ち明けやすいに決まっているから。相手の話の中で感情を表す言葉、「ムカついた」とか「がっかりした」「悲しくなった」「悔しかった」などはそのまま「あー、ムカついちゃったんですねえ」「がっかりしたんだ」「悲しくなっちゃったんですかあ」「悔しかったんですね、なるほど」といった具合に復唱してみせる。相手の話が佳境に入ったら、ほんの少しだけ身を乗り出す。うなずきも必要だが、度が過ぎるとわざとらしい。相手が使いがちな言葉は記憶しておいて、その言葉を合いの手に用いる。その程度で詐欺稼業は務まるのである。

では、コミュニケーション障害気味のオタク青年も同じことを実践すればモテるのか。

無理である。自信を持ちきれずにおどおどしてしまうだろうし、下心を隠しきれないだろうし、会話に耐えきれず自分自身へツッコミを入れてしまうだろうから。わたしも同様で、診察室の中ならいくらでも悪魔的になれるしブレントウッド・ピーターズもどきの振る舞いができるが、白衣と診察室を失うと途端にオタク諸君と変わらなくなる。でも白衣と診察室さえあれば、豊かな表情の親切な医師に変貌する。舞台衣装と舞台装置は、聴き手にとっても話し手にとっても欠かせない。ことに医師やカウンセラーにとっては、それが業務遂行上の自信や心の安定を担保してくれる。

長年精神科医として仕事をしてきて知ったことのひとつに、自信や確信の効用といったものがある。同じアプローチをしても、自信を持ってそれを行うか否かで結果はまるで違う。ただしそれは「必ず成功する」といった確信ではない。すぐに望んだ結果は出なくともそれは必ず将来への布石になる、という確信である。遠からぬ未来に成功するかもしれないし、もしかすると状況が変わってもっと別な結果を迎えるかもしれないがいずれにせよ現状維持よりはマシになるだろうという確信である。いや、むしろ「状況が変わって、もっと別な結果を迎える」ことを漠然と想定してそれがどんな形で実現するかを楽しみに待てるだけの心の余裕、と言い換えても良いかもしれない。

たとえば絶対に受診をしようとしない患者を抱えた家族がいて、その家族が困り果てて相談に来たとする。相談をされても、すぐにはどうにもならない。仕方がないので、とりあえず患者に宛てて「あなたのことが心配です。ぜひわたしの診察を受けに来て下さい」とメモを書いてそれを家族に託すとしよう。わたしとしては、そのメモを読んだ患者が気を変えて受診するようになるなどとは思っていない。でも医者がわざわざそうしたことに手間を割いてくれる事実に多くの家族は驚く。その驚きを、わたしは当て込むのである。

メモを書いてもらったことによって、家族の心の中には、それまでの絶望感とは少し違った気分が生ずる（それを希望と呼ぶにはまだ早過ぎる段階だが）。わたしは家族の不安や苛立ちがなおさら患者の頑なさを加速しているだろうと見当をつけているので、とにかく家族の愚痴や苦しさに耳を傾けつつ時間を稼ぐ。彼らを見捨てていないことを、折に触れてアピールする。しかしあくまでゆったりと構え、家族にも焦りが無意味なことを実感してもらうように努める。

するとどうなるか。それまでは焦燥感に駆られ硬直していた家族の胸の内に多少なりとも柔軟性が戻り、家の中の空気から緊張感が去り、やがて何かの拍子に患者が「受診するに吝《やぶさ》かではない」と言い出すかもしれない。いや、まさかそんな上手い展開にはならなくとも、仕事の都合で一家が引っ越しをすることになり、それと連動して「どさくさまぎれ」に受診につながるかもしれない。もっと別なこと——家で小火《ぼや》騒ぎが起きるとか、患者が立てこもっている部屋のエアコンが故障するとか、そういったエピソードが家族との和解や受診への契機となるかもしれない。患者が身体疾患となり、救命センター経由で精神科につながるかもしれない。いずれにせよ、必ず何かが起きるのである。なぜなら人は永遠に生きるわけではないから。

いったいどのような「思ってもみなかった」展開が生ずるのか。こうした厄介で持久戦そのもののケースを担当してみなければ味わえないドラマが存在するのである。まさに仕事の喜びも極まった瞬間である。そしてこうした何らかの進捗というか展開が起きると確信できるかどうかが精神科医としての勝負どころとなる。それはある意味でオカルトとか超自然的なものを信ずる態度に通じている。科学的とは言えないかもしれない。それでもなお、ぬけぬけと信ずることができるかどうかで勝負をするしかない。

たぶん、確信なんかしなくてもいつしか展開は生じたかもしれない。いや、そうなるに決まっている。でも、漫然と、苛々しながら待つよりは確信が伴ったほうが「質の良い」展開が生まれそうに思える。それに、確信できるならばそれに則ったほうが楽しく待てる。

今できることはこれしかない、これ以外に方法はないからこれだけをきちんとやってあとは時間に委ねようと「見切る」ことが可能となるには、それなりに経験やら失敗やらが必要である。当然だろう。手応えを知ったうえでの確信でなければそれは妄想と変わらないのだから。

わたしの確信や自信が、結局のところ相手に作用を及ぼす。それは因果関係の文脈よりはむしろ共振とか同時性に近い性質の気がする。必ず相手の気持ちがほぐれる、孤独感が払拭されると信じて話を聞くことも、直接的なアプローチが困難なケースを扱うときも、そして占いといった営みも、確信や自信が大きなエネルギーとして作用しているように思えるのである。

イヨネスコという劇作家をご存じだろうか。かつてはベケットと並んで不条理演劇の旗手として知られていた。中年以降に神経症を病み、ユング派の精神科医に分析を受けつつ夢日記を書いたり絵を描いたりしていた。

彼の自伝的な断章や随想の欠片《かけら》を寄せ集めた『雑記帳』という本がある（大久保輝臣訳、朝日出版社、一九七一年）。ちょっと必要があって読み返していたら、こんな記述があった。

死なないこと。そうなればもうだれも人を憎んだりしなくなるだろう。もうだれも妬んだりしなくなって、愛しあうようになるだろう。無限にやり直しができるようになって、時折りなにかが実現されるようになるだろう。百度に一度、千度に一度は成功が訪ずれて、数が多ければ多いほど成功の可能性が出るだろう。われわれには無限に運だめしをするだけの時間的余裕がないということをわれわれは知っている。憎しみはわれわれの不安の表現であり、時間が足りないことの表現である。妬みはわれわれが見捨てられはしないか、滅ぶべき人生において、すなわち、生においても死においても見捨てられはしないかという恐怖の表現である。

面白いことを書く人だなあ。なるほど「無限に運だめしをするだけの時間的余裕」があれば、人それぞれの経験値は限りなく平等になっていくだろう。成功も栄華も遅かれ早かれ同等に訪れ、結果として嫉妬や憎しみも生まれなくなるだろう。だがそうなると、もはや自分と他人との区別も消失してしまうのではないだろうか。他者なんて概念は意味を持たなくなってしまうだろう。それは喜ばしい形なのか、それとも恐ろしい状態なのか。少なくとも孤独感を覚えることはなくなるだろう。カウンセラーはお払い箱となるに違いない。

昆虫だとか小魚だとかプランクトンだとか、そういった群れを成す生き物には「わたし」といった観念はなさそうに思える。無数に複製された「わたし」のいずれかが生き残り繁殖することだけが行動原理であり、それはイヨネスコが語る不死の人に近いだろう。昆虫に生まれ変われば嫉妬からも憎しみからも孤独感からも、そしておそらく不安や恐怖からも無縁でいられる。その点には魅了されるけれど、やはり昆虫に転生するのは嫌だな。自分独りでニヤニヤしながらひっそりと堪能する充実感や勝利感がないのだから。

イヨネスコの妄想はさておき、わたしの苦しみの中核に孤独感があることは確かだろう。それはただの寂しさというよりは、無力感だとか見捨てられ感、世の中の流れや他人の振る舞いへの戸惑いや不条理感といった成分が多いわけであるが。そしてそうした成分ゆえに、やり場のない恨みや怒り、被害者意識が伴ってくる。言い換えれば、「いじける」といった状態である。

これに対して、カウンセリングを受けることは有効だろう。同業者に気持ちを告白する抵抗感を脇に置けば、とりあえず自分の心情を理解し共感してもらうことで多少なりとも荷は軽くなるだろう。ことに「最近、何をやっても上手くいかない。おかしい」といった不安に対しては。

だがそのいっぽう、わたし自身は半端に知識を持つがために面倒な状況に陥っている。言語化によって自分の内面を吟味しているうちに、前章で述べたように「自分は、

（美しく聡明な）母に愛されるに値する息子にならねばならない。そのためにはルックスの良さが絶対条件であり、さらに誰もが感心するような業績を挙げてみせねばならない」という絶望的なミッションに囚われていることに気づいてしまったからだ。「からくり」に気づけば、当人は我に返って悩みから脱却できるはずという発想は精神科における大いなる迷信である。いや、半分程度には正しいが、シニカルな者や思考を弄びたがる人物にはいまひとつ効果がない。共感といった感情レベルでは結構心は解凍されるものだけれど、反論が趣味みたいな人間には自縄自縛の罠が待っているのだ。

もしかすると読者の多くは、右に記したわたしの絶望的なミッションについて「お前、そんな馬鹿げたことを本気で思っているの？」「ウケるためのギミックだろ？」「お前の言うことって、何となく鼻につくっていうか、ムカつくんだよ」「六十歳を過ぎているんだから、もういい加減にして無視するか笑い飛ばしちまえよ」「そんなにあんたの母親は聡明で美人だったのかよ。じゃ、写真でも見せてみろよ」「母親って、もう死んじまったわけでしょ。なのに、まだこだわってるの？」「変態だろ、お前」などと思うかもしれない。思うのは勝手だが、そのくらいのことは想定済みで書いているのである。もしわたしの母の写真をどうしても見たい人がいるならお見せするが、そのあとでお前の汚らわしい目玉にボールペンを突き立ててやるから覚悟しておけよ。

そもそもそんなミッションが脳に棲《す》み着いてしまったのは、誰のせいなのか。わたしがいなければ成立しなかったという意味では、わたしが悪い。母さえいなければ成立しなかったという意味では、母が悪い。と、そういった犯人捜しは無益だろう。少なくとも悪意は介在していない。運命を司る神がいるとしたら絶対に容赦しないが、どのようにして神へアクセスすればいいのか分からないのが悔しい。

母親と息子の関係といえば、阿闍世《あじゃせ》コンプレックスというのがある。西欧においてはフロイトのエディプス・コンプレックス、つまり父と母と息子との三角関係的対立なる図式が定番となっているが、どうも日本人にはこれが腑に落ちない。去勢不安なんて冗談としか聞こえない。ちっともリアルに響かない。西欧流の価値観やキリスト教の厳格さを込みにしないと、理解が及ばないのである。

そこで日本的でウェットな心情にマッチするものとして古澤《こさわ》平作（一八九七〜一九六八。精神科医で、ウィーンに留学してフロイトの指導を受けたこともある）が提唱したのが阿闍世コンプレックスである（エディプスがギリシャ神話に由来するように阿闍世は仏教説話に由来するが、その内容は割愛する）。ここでは母と息子との関係性しか問われない。すなわち、息子が母を裏切ったり失望させたり愚行を犯しても、母は愛情や寛容や優しさや包容力によって息子を許すのである。責めたり怒ったりしない。ただそれだけ。

これは息子にとってなかなかキツい。立場がなくなってしまうではないか。母が怒ったり嘆いてくれたほうが、よほど帳尻が合うし息子としても居直ったり自己正当化ができてよろしい。それなのに、彼女は無条件に許してしまうのである。その海よりも深い優しさと、空よりも高い鬱陶しさ！

引きこもりの息子に親が「出て行け」と怒鳴ってバトルになるのならそれはそれで結構前向きな展開が期待できそうだけれど、「今だったらまだ間に合うから、お願いだから出てきてちょうだい（母より）」とメモを添えた食事（しかも心づくしの献立）が盆に載せられて部屋の前にそっと置かれていたら、引きこもっている息子は自己嫌悪と無力感と得体の知れない怒りとでどうしようもなくなってしまうだろう。ますます頑なな態度を取るしかなくなってしまうだろう。まあそれに似た機制で、罪悪感だの気まずさだのを心の深い部分に負債として抱え込んで息子は生きて行かざるを得なくなる。その抱え込んだものが、上手く成長とリンクしていけば道徳だの器の大きさだの品性の基礎となっていく。やれやれ。

わたしの母も、阿闍世コンプレックスに登場するような無限の寛容さ持っていただろうか。おおむね持ち合わせていたものの、いまひとつ一貫性を欠いた人であった。とんでもない不寛容さを突然示したりしてね。しかもブロバリン中毒になったり、アルコールとブロバリンの併用によって中学生のわたしの目の前で呼吸が止まったり、買い物依存症に陥ったりと、問題だらけであった。彼女もわたしにかなり罪悪感を覚えていたのではないか。ならば両成敗で一件落着となるかといえばそうはいかない。わたしは醜さのために「自慢の息子」となり得ない。たとえノーベル賞を獲ったとしても、みっともない外見の息子であることには変わりはない。したがってやはりわたしの負けなのである。いや、恥じていると言うほうが正しいか。池袋の占い師の前で嗚咽したのも、そのあたりのわだかまりに根差している。

父が死に、母が死に、彼らが住んでいたマンションが一人息子のわたしに残された。当方が大学生の頃に両親が購入したマンションで、だからわたしもそこに住んでいた時期がある。自分が現在住んでいるのは矢来町の借家で、そろそろ神楽坂の風景にも飽きてきた。だが都内の便利な場所に家を新築する金銭的余裕はない。タワーマンションなんかご免である。どうせ引っ越すならばと、家賃も馬鹿にならないので、相続した中古マンションを改装して住むことにした。床も天井も徹底的に引っぺがし、コンクリートや配線・配管が剝き出しの状態にしてから間取り変更して内部をまったく新しく作り直す。いわゆるリノベーションというやつで、もはや原型は留めない。父や母が住んでいた痕跡は完璧に払拭される。「上書きする形で両親の家に住む」というわけだ。

プランとしては、古い印刷工場を改装して住んでいるブルックリン在住のアーティストとか、オレゴン発の雑誌キンフォーク的な、つまりシンプルで無造作で人生哲学(!)を持っているふりをしつつやたらとカッコをつけた住まいである。新築高級マンションのモデル・ルームとはまったく対照的な作り、近頃の自然派志向のカフェに近いセンスの住まいということになる。読者は、口を歪めて「ケッ」と言いたくなるであろう。そう、まさにそういったスノッブなところに住んでみたくなったのだ。

リノベーションに先立って、片づけをしなければならない。買い物依存の母にはちゃんと衣装部屋があって、そこに服だの靴だのバッグだのがひしめいている。高価というか、何だかスゴイものがいろいろあるが衣料品は古くなると二束三文になる。ブランド品でも五年以上経ったら価値はないらしい。意外にも宝飾貴金属には興味のない母親だったので、金銭的価値のある遺品はほとんどない。父の書斎には古い医学書や学会誌の類が山積みで、これまたどうしようもない。彼の服だってかなりの量だ。食器だの花瓶だの置物の類も多い。寝室や居間や、かつてわたしが居た部屋に、見覚えのあるものやないものや、とにかく膨大な量のモノが埃を被ってうずくまっているのだ。あと少し逸脱したら、ゴミ屋敷と変わらなくなるだろう。

親たちからモノを受け継ぐとか再利用するといった発想は捨て去った。気分的にも嫌だ。さっさと縁を切りたい。工務店と相談して、解体した壁や床板や天井板や浴槽や便器などと一緒に家の中身はすべて産業廃棄物として業者に持ち去ってもらうことにした。ダンプカーで来て、一挙に片づけてくれるらしい。「持ち去る現場は見ないほうがいいですよ。ショックを受けますから」と言われたので、素直にそれに従った。半端な感傷に囚われたりしたら、屈託の度合いがますます深まりかねない。

とはいうものの、家にあるモノは一度はチェックする必要がある。最低限残しておきたいモノ、誰かに進呈したほうがよさそうなモノ、「お宝」の可能性があるものをサルベージすべく、毎週日曜になると妻の運転する車で武蔵野市のマンションへ通った。ピクニック兼墓参りへ行く気分である。母が死に至るまでの五、六年のあいだ、わたしは彼女とひと言も口を利いていないし（父の葬式以外）、家にも行っていない。老いた母の姿なんか見たくもなかったし、彼女が喜びそうなことを提案しても拒否された挙げ句にこちらが立腹する顚末に決まっていたからだ。したがって、久々の実家は物珍しい。

父の遺品として愛用のパイプ、母の遺品として口紅を一本。あとはどうでもいい。思った以上に古い写真がたくさん出てきて、さすがにそれは保存することにしたがもう一度見るかどうかは分からない。第一章で、三十年前に夢の中で泣いた話を書いた。近所の飼い犬で幼いわたしと仲の良かったメリー（柴犬系の雑種）が登場したときに泣き出してしまったのであったが、あのメリーの写真が残っていたのには驚いた。記憶にある通りの姿で、いささかピントの甘いモノクロ写真に姿を留めている。もちろん、もう生きてはいない。でも今度は涙が溢れることはなかった。

遺品の整理をしながらさまざまな思い出が次々に甦るかといえば、そうでもない。淡々としたものである。リノベーションのプランを考えたり、帰りにスーパーへ立ち寄って購入する食材について考えたりするばかりだ。でも一度だけ、一家団欒《だんらん》の記憶が頭に浮かび上がったことがあった。

それはわたしが中学の頃だったと思う（したがって以下の出来事はこのマンションで起きたことではない。場所がもたらした思い出ではないのが奇妙ではある）。朝なのか昼なのか夜なのかは記憶から抜けている、とにかく家族三人で食卓を囲んでいた。全員が沈黙している。父が、ふと自分の頭に手を置いた。違和感でも覚えたのだろうか。そのまま髪をかき回し始めた。何かの儀式みたいに。すると、みるみる髪から白い泡が湧き上がった。泡が、父の肩へ、そして食卓へこぼれ落ちそうになる。いったいどうなっているんだ。まことに面妖な話であるが、彼は洗髪したあとで十分に髪を濯《すす》がず、だからそのままシャンプーが残っていたらしい。そんな状態で髪をかき回したせいで、再びシャンプーが泡立ったのである。

そんなことがあり得るのだろうか。いや、実際に目にしたのだから、あったのだ。

風呂から出るときにタオルで髪を拭けば気づくはずではないか？　父がことさらだらしなかったわけでもない。認知症になりかけていたわけでもない。でも泡が父の頭を覆い尽くしている。一家団欒の場で、父の頭から白い泡が膨れあがっていく光景は日常を飛び越えていた。母はヒステリックに父を詰《なじ》っていた。父はただただ呆然としていた。わたしは頭からエクトプラズムが吐き出されているみたいだなと思いつつ、ぼんやりと父を眺めていた。これが一家団欒、いや一家団欒中断の記憶であり、その妙な生々しさに六十三歳のわたしは気分が悪くなりかけたのだった。

まあそんな記憶はさて置き、この本が書店に並ぶ頃にはリノベーションは終了し、かつて両親がここに暮らしていたと想像することは困難になるだろう。

遺品を片づけ、家をまったく別な家に変身させる営みは、いわゆる「喪の作業」に近いものなのだろうか。おそらくそうだろう。遺品の九十九パーセントを産業廃棄物として業者に引き取ってもらおうという乱暴な決断も、わたし流の喪の作業の一環だろう（最終的に、廃棄処分に要した費用は七十九万円であった。手作業で運び出すのだから、人件費が掛かるのである）。ではそれによって「自分は、（美しく聡明な）母に愛されるに値する息子にならねばならない。そのためにはルックスの良さが絶対条件であり、さらに誰もが感心するような業績を挙げてみせねばならない」という絶望的なミッションから解放されただろうか。

駄目である。母の呪いがそれほどに強烈ということなのか。そういった表現も可能かもしれないが、個人的にはその言い方では妥当性を欠くと思う。答えは分かっているのだ。絶望的なミッションに苦しむのは、もはやわたしの趣味と化している――それだけの話なのである。ちっとも楽しくないが、まぎれもなく趣味に他ならない。

わたしの苦しみだか固執だかは、あえて申せば神経症に近いものである。神経症の症状に長年悩まされている読者がいたら申し訳ないが、往々にして神経症を「こじらせて」いるケースでは、症状に苦しみつつもその症状を抱え込んでいること自体に「慣れ親しんだ日常」を感じている。症状とはさっさと別れを告げたいにもかかわらず、もはやその症状抜きの日常が異質なものに思えてしまい、症状に苦しんでこそある種の自然体であると知覚するようになってしまう。症状が腐れ縁になってしまっているとも言えるだろうし、症状あってこその人生が強固に組み立てられてしまっているとも言えよう。ときには自虐風味の趣味と化していることすらある、ということなのである。

大学受験を失敗して予備校に通っていた頃、顔見知りになった男がいた。名をDとしておくが、一応は熱心に勉強しているにもかかわらず模試の成績がよろしくない。Dは模擬試験が終わると、へらへらと笑いながら「いやあ、ヤマが外れちまってさあ〕と自己弁護をするのが通例であった。で、実際に試験の結果は感心できるものではなかった。

わたしはDの言い訳を聞く度に、この男は本質的に勘違いをしているなあと呆れざるを得なかった。本番の試験ならば、ヤマを張ることには意味があるだろう。でも模試は勝つための試験ではない。模試で一番になったとしても、それによって何の確約も保証も与えられない。入試を突破する可能性についてのデータが得られるだけの話である。予備校の段階では、どの教科であろうと可能な限り隅々まで理解を図ってネックをなくしておくべきだろう。予備校の模試にヤマなんかを張るほうがおかしい。模試によって自分の弱点を知ることのほうがよほど大事だろうに。成績が思わしくなかったことへの照れ隠しにせよ、わざわざこんな見当外れなことを言うなんてまったく理解できなかった。

とはいうものの、Dが口にする台詞「いやあ、ヤマが外れちまってさあ」には愛嬌があった。本気で言っているのではないかもしれないとも思えた。口癖ないしは惰性で言っているだけなのかもしれない。あのように言うのがつまり趣味なんだろうとも思えた。本当のところは、勉強が捗らない焦りや不安を追い払う呪文として「いやあ、ヤマが外れちまってさあ」と繰り返していただけなのかもしれない。

いずれにせよ予備校生としてのDの人生は、しょっちゅうヤマが外れたと喧伝せねば成り立たなくなっていた。その後Dがどんな人生を辿ったのかは知らないけれど、彼なりに「いやあ、ヤマが外れちまってさあ」の社会人バージョンを考え出してその台詞を護符にしつつ冴えない暮らしを送っているような気がする。さもなければ神経症患者として延々とクリニックに通っているかもしれないなどと想像してみたくなる。

わたしが母親へ向けての絶望的ミッションで苦しむその無意味で不毛な馬鹿馬鹿しさは、予備校の模試を終える度に「いやあ、ヤマが外れちまってさあ」と言い訳をするDの的外れ加減と大差がないような気がする。結局のところ、どちらの営みも歪んだ「趣味」でしかないのだ。

わたしは自分が辛いとか苦しいとかの泣き言を散々繰り返してきた。しかし本当の本当に追い詰められていたなら、そのことについて本を書き綴るような精神的余裕などあるまい。占い師のところへ出向くなんて、やはりどこか真剣さが足りないのではないか。

母との関係性を基にあれこれと鬱屈してきたにせよ、それはかなり以前からグロテスクな趣味に変じている。それをベースにして、自己憐憫を糧《かて》に生きてきた気配もある。結局、異様なりにどうにかバランスを保ってきたのである。

そのバランスが怪しくなったのは、わたし自身に老いという要素が介在してきたたからだ。無限の向こうへと道が真っ直ぐに延びていると思っていたら、遠近法ではなくてたんに道が徐々に狭まって立ち消えになっているだけなのに気づいてしまったような、そんなおろおろした気分に囚われたからだ。

老いてしまえばルックスなんて関係なくなるだろうと期待していた時期もある。かつて美男美女として知られた人たちが老け込み、見苦しく肥満したり皺《しわ》だらけになったり厚化粧で醜態を曝している姿を見るのは楽しい。美容整形に失敗した連中の顔を見るくらいに楽しい。意地悪な喜びが立ち上がってくる。

だが、年齢を重ねることで渋さや深みを獲得する人たちもいる。内面が次第に露呈してくるとしたら、そのことで自分は美男美女たちと逆転を図れるのか。むしろ「顔より心だ」などと言い繕えなくなって、いよいよ惨めなことになってしまわないか。

――と、そのように愚図愚図と迷い悩むこともまた、ひとつの屈折した趣味のようにも思えてくる。いやはや始末が悪いったらありゃしない。そんな卑しげな人間には、俗悪な味わいを帯びた占いこそが似合っているような気もしてこようというものだ。

神経症の患者を診ていると、内心、この人は症状に翻弄され病人として通院することが趣味に近くなっているんだろうなあと思うことは確かにあるのだ。それは仮病（詐病）とは明らかに違う。自分では苦しんでいるとしか思っていないから。得をしたとか、上手くやりおおせたなどとは思っていないから。

そう、神経症という病気の特徴のひとつは、癖になりやすいということである。苦しみつつもその病気に「はまって」しまう。ゆえに長引きやすい。そもそも神経症はどんな症状もあり得るという奇怪な疾患であり、どのような症状を示すのかは当人の「こだわり」や心の偏り、想像力、さもなければウィークポイントといったものによって決まってくる。すなわち、その人が内心気に掛けている部分が症状として立ち上がってくる傾向がある。もともと気になっている要素が神経症という装置によってはっきりと形象化するに至るわけだ。

となれば、当人は症状を過剰に意識せざるを得まい。病気に取り憑かれたという不条理感にげんなりすると同時に、症状の中に自分らしさとか自分の体臭に似たものを感じ取り、整合性を覚えもする。人によっては、懐かしさめいたものすら感じるだろう。

わたしは何年か前に、四十年近くのブランクを経て気管支喘息《ぜんそく》が再発した。絶望的な気分が生じたと同時に、「ああ、やはり喘息からは逃れられなかったなあ」と妙に納得した感情も湧き上がった。その感情の中には、確かにノスタルジーに近いものも含まれていたのである（この経験を敷衍《ふえん》するなら、非生命体から生じた我々は、臨終に際して——つまり非生命体へ戻るに際して、大いなる懐かしさに押し包まれるのかもしれない)。

多かれ少なかれ神経症には趣味という要素を含んでいる。その暴論に一理があるとしたなら、我々をいつまでも苦しめて止まない自己嫌悪だとか罪悪感、怨恨《えんこん》や後ろめたさや気まずさ、違和感やもどかしさといったものまでが「趣味」という成分を含有している可能性は大きいのではないだろうか。

人間には、予想以上に「しただか」なところがある。おしなべて自殺は、当人が精神的に追い詰められた挙げ句の究極的な行動であるはずだ。生存本能に真っ向から逆らう異常行動に他ならない。にもかかわらず、人は死を弄んだり、自殺について考えたりトライすることを趣味にしてしまう場合がある。周囲への当てつけだとか遠回しの救助要請といったケースもあるけれど、趣味ないしはグロテスクな遊びと化してしまうことだって稀ではない。自傷癖といった営みだと、そうした要素はますます強くなる。そして依存症ともなれば、これはまさに趣味、いや悪趣味そのものである。背景に切実な事情があることは分かっている、にもかかわらず、趣味なのである(趣味と化すことによって毒気が抜け、飼い慣らすことが可能になるといった効用が期待されているのかもしれない)。こうなると勢いづいて、人生を営むことそのものが所詮はえげつない趣味じゃないかと言いたい気持ちにすらなってくる。

カウンセリングは、迷走する「趣味」に味わい深さを与える娯楽であろう。そのように考えたほうが、わたしとしては納得がいく部分がまぎれもなくある。孤独感に苦しむのも、孤独感から解放されるのも趣味のうちである。そして娯楽性になお一層の磨きがかかったものが占いであるのかもしれない。もちろん占い師を訪ねて回るわたしは、趣味にすっかり心を占拠されているわけである。

第四章
「救い」に似た事象について

何もかもが自分の思い通りに、自分の都合が良いように運ぶことをわたしは願っている。心の底から願っている。いやそれだけでなく、今までの悲しみや悔しさや不満について償ってもらいたいし（誰に償ってもらうのだろうか。神様に？）、どうして自分がそんな目に遭わねばならなかったのか、きちんと理由を説明してもらいたい。わたしは完全な被害者モードになっているのだ。

でも率直な気持ちを述べるならば、当方が願っているのは「ああ、救われた！」といった実感に包み込まれることなのだ。あの安堵感と歓喜の混ざり合った感情の「うねり」に呑み込まれたいのだ。そう、わたしは救われたいのである。現状から、この退屈で惨めで冴えない日々から。

では、救われるとはどのようなことなのか。

自分の脳内記憶貯蔵庫には、まぎれもなく「救われた」と思った瞬間がいくつか埋蔵されている。これから、それらの記憶を語っていきたい。その手続きを通して、救いとは何かを考察することにしよう。

もしかすると、そのような記憶がひとつでもあればそれでその人の人生は十分に報われているのかもしれないなどと考える瞬間もあるけれど、やはり今現在の自分が救われなければ意味がない。そんなふうに思う者を、業が深いと呼び慣わすのだろう。たぶん。

救われたと実感した記憶のひとつは、小学校の家庭科にまつわるものである。家庭科では男女の区別なく裁縫をさせられ、雑巾や暖簾《のれん》を縫うのだった。ミシンではなく手縫いである。そのための教材として、裁縫セットが必要であった。

それは縫い針だの待ち針だの針山だの糸だの鋏《はさみ》だの指ぬきだの絎台《くけだい》だのを納めたプラスチックの箱で、どことなく昔話に出てくる玉手箱のようであった。箱の色は二つあって（緑とピンク）、それを購入すべく学校で募集が行われていた。兄や姉がいる生徒はそちらから受け継ぐので、必ずしも全員が購入するわけではなかった。

ひとりっ子で愚図なわたしは、購入申し込みのプリントを家に持って帰らなかったし、それが必要だと親に言いもしなかった。放っておいた。そのせいで、明日は裁縫セットが必要という段になってわたしは窮地に立たされた。道具がなければ何もできない。しかもそれは級友たちと同じものでなくてはならない。そうでなければ、授業についていくことが叶わない。自分だけが裁縫セットを持っていないというシチュエーションは、小学生にとってかなりヘビーな事態である。

わたしは悩んだが、悩んでどうにかなるものではない。泣きつくしかない。叱られるのを覚悟で、わたしは母親に事情を告げた。もう夕刻を過ぎ、薄気味の悪い青色にすべてが染まりつつあった。彼女は夕餉《ゆうげ》の支度をしていたはずである。

意外にも母は怒らなかった。といって半泣きの私を慰めてくれたわけではない。「分かった」とひと言だけ口にして、それから食事の支度を中断し、着替えて出掛けてしまった。わたしは不安と気まずさから、茶の間の隅で膝を抱えて座っていた。今夜も父の帰りは遅いだろう。テレビを見たりラジオを聴くのは不謹慎な気がしたので、じっと座っていた。さっきまでは群青色だった窓の外は、もはや真っ暗になっている。

一時間近く経ってから、母は帰ってきた。目の前に裁縫箱を黙って置くと、また夕食の支度に取り掛かった。わたしは「救われた」と思うと同時に、やっと空腹を覚え始めてもいた。そして裁縫箱を見ながら軽い驚きを感じてもいた。

母は「正規の」セットを購入してきたわけではなかった。内容はほぼ同じものでも、微妙にメーカーが違ったりしていた。学校を通じて購入したものよりも、ほんの少しばかり高級なものばかりだった。誰かの母親に何が必要かだけを教えてもらって調達したのに違いない。そして一番の驚きは裁縫セットの箱そのものであった。なるほど形や大きさは学校のものと変わらない。だが色が違った。無色透明なのである。完全に中が透けて見える。それはものすごくアバンギャルドに見えた。色つきの裁縫箱が、完全に子ども騙しに思えるほどの異彩を放っていた。それでも裁縫箱であることに間違いはない。

緑でもピンクでもなく無色透明――幼いわたしにとって、それは意表を突いた「救い」であった。そもそもそんなものが存在したこと自体が驚きであった。そのようなものをもたらした母を特別な存在と思ったし、おかしな言い方かもしれないけれど、救いには〈高級な救い〉と〈普通の救い〉とがあって、今自分が遭遇しているのは前者のほうではないかと考えた。

この体験はわたしに何をもたらしたのだろうか。無色透明な箱を携えてどこからか戻ってきた母を、この上なく誇りに思った。特別な人だと思った。自分は普通以下のことしかできないのに、彼女は普通プラスαをしてのけたのである。わたしは母親の息子としては力不足ではないかと、漠然と不安にもなったのであった。こういう母なら当方への要求水準は（口に出すかどうかはともかくとして）とんでもなく高いに違いない。いささか怯《ひる》まずにはいられなかったのであった。

話を補足しておくと、翌日、その透明な裁縫箱を学校に持って行くと、案の定皆から羨ましがられた。威張りたい気持ちだった。教師は訝しげな顔をしていたが、何も言わなかった。

世の中では、一定の周期で透明なボディーの腕時計とかバッグとかさまざまなシースルーのガジェットが流行るようである。そうしたものを目にする度に、あの無色透明な裁縫箱を思い起こさずにはいられない。

もうひとつの記憶は、ローマ字の件である。

国語の授業に、ローマ字の読み書きがある。小学校の教科書を捲《めく》っていくといささか唐突に、見開きで、ローマ字のみで綴られた物語が登場する。たしか曽呂利新左衛門《そろりしんざえもん》のエピソードではなかっただろうか。

殿様が新左衛門に褒美をやろうと言う。何でも欲しいものを申してみよ。そこで新左衛門は、今日は一文、明日は二文、その次の日は四文といった具合に倍々の金額を一ヶ月いただきたいと申し出る。それだけで良いのか、ずいぶん欲がないなと殿は快諾するも、たちまち金額は天文学的な数字に達して殿が謝るといった他愛ない話であった。

教師はローマ字による五十音の表を示し、これを覚えれば簡単だと言う。で、わたしは馬鹿正直に表を覚えようとしたのだが、子音と母音を組み合わせるという法則性をまったく知らなかった（たんに授業を聞いていなかっただけだろう）ので当惑してしまったのである。今から振り返れば我が知能を疑いたくなるけれども、ローマ字そのものに何か圧倒されていた気がする。現在で考えるならば、いきなりアラビア語を突きつけられたようなものだろうか。拒絶反応しか生じない。恐ろしい事態に直面してしまったとひたすら悩んだのだった。悩むだけで努力を怠るところが悪いのだけれど。

両親は横文字に強いのである。ことに母は、GHQでタイピストをしていたことすらある。そこで母を怒らせないようにさりげなく、ローマ字って難しいねえと世間話を装って話し掛けてみた。小学生が世間話だなんて、そんなものはたちまち見透かされるに決まっている。でもそのときには、母の機嫌はよろしかったようであった。いきなり「どうせローマ字の授業が分からなくなっているんでしょ」と図星のことを半笑いで指摘した。あたかも有能な占い師のように。

こちらも照れ笑いを浮かべながら、「文字をいちいちローマ字表から探し出すだけでも大変なんだよねえ」と言ってみる。母は呆れた表情を浮かべ、

「ひょっとして、ローマ字表記の仕組みって知らないの？」

「え。仕組みって何さ」

「ああ、やっぱりね。母音と子音って知ってるの？　どうせ授業中、ほかのことを考えていたんでしょ」

といった次第で、ローマ字は母音と子音との組み合わせで成り立っているのみならず、「れ」なら「れ」を長く発音していると最後には母音の「e」が炙《あぶ》り出されてく

ることも教えてくれた。わたしにとって、発音を引き延ばせば母音が自然に露出してくるという知識は奇跡のように思われ（あとで級友に尋ねてみると、そのことは授業でも教えてくれなかったという）、救われたと思うのみならず、ものごとはほんの些細な助言によって一挙にすべてを悟れるようになる可能性があると実感したのだった。それは一種の発見であり、魔法を垣間見たかのような気すらしたのだった。

作家であり思想家のエルンスト・ユンガーに『小さな狩』という本がある（山本尤訳、人文書院、一九八二年）。その中に、こんな謎めいた文章が出てくる。

平目あるいは鰻の社会に突然、電気を発する種が現われるのはどうしてなのか。これは決して珍しいことではなく、むしろ、ふと発せられた魔法の言葉のようなもので、ここから途方もない展望が開ける。

あのときの「発見の驚異」に満ちた体験を、わたしは右の文章に重ね合わせてみずにはいられない。冷静に考えれば「途方もない展望」は開かれなかったにせよ、啓示に満ちた瞬間ではあったのだ。

と、そんな記憶を辿りつつわたしがイメージしている「救い」とは、結局三つの要素から成り立っているような気がする。

①悩みや苦しみが一気に解消すること。
②慈愛に近い「大いなるもの」を実感すること。
③悩みや苦しみゆえに遠ざかっていた日常が、鮮明な輪郭を備えて戻ってくること。

これらがスリーカードのように揃ったときに、わたしは「ああ、救われた」と心の底から感じるのだ。どれかひとつでも欠けていたら、「ま、いいか」「やれやれ」「ラッキー！」と思う程度で終わってしまい、心を揺さぶるような体験にはならないだろう。深く記憶に刻み込まれる出来事にはならないだろう。

一般的には、「救い」という言葉はどこか宗教的な雰囲気を纏《まと》っているように思われていないだろうか。それはすなわち「救い」をもたらしてくれるのが人間を超えた存在と感じられるからではないのか。実際には誰か生身の人間が救いをもたらしてくれるにせよ、その人物が上手いタイミングで登場して救いの手を差し伸べてくれた背景には、神様めいた存在を漠然と意識したくなる。ましてや僥倖《ぎょうこう》といったものはまさに超越的なものに司られていると考えたくなる。だから救いを求めるには祈るしかないといった話になってくる。

で、結局、救われるとどうなるのか。自分は世の中から存在価値を認められる、生きていることを歓迎されていると実感するに至るのではないのか。自己肯定が叶い、世の中もまた自分を肯定してくれる状態へと至ることではないだろうか。煎《せん》じ詰めれば、そういうことなのだと思う。

別な言い方をするなら、自分が無価値で意味のない存在に転落しかねないとき（あるいは転落してしまったと実感したとき）我々は救いを求めたくなる。明日の裁縫セットが用意できていないことも、ローマ字の読み書きができないことも、自分が駄目人間の烙印を押されて見捨てられることへの怖れだ。母親に見捨てられかねない瀬際でもある。そのような生々しさを勘案するなら、やはりさきほど挙げた三つの要素がわたしには「救い」の条件のように思えてくる。

まず、〈①悩みや苦しみが一気に解消すること〉について。

努力によってじわじわと事態が好転しても、カタルシスに欠けるのである。たとえ自分に非があろうと、今自分が味わっている苦境には不条理感が伴っている。ならば、どこか奇跡に近い展開で一気に事態が修復されなくては平仄《ひょうそく》の合った気がしないのである。まことに勝手な話で、そんなに甘っちょろい期待をするから、天を恨んだり運勢がどうしたなどと寝呆けたことを言い出すわけなのだろう。

ところでわたしは既に、自分自身が境界性パーソナリティー障害のメンタリティーに近いと自覚していると述べた。その証拠のひとつは、ほんの些細なエピソードによって世界の色彩が一挙に変貌する（さながら塗り替えられたように感じる）ことにある。

たとえばレストランに入ったら店員の態度が悪くて不快になったとする。するとその店員に対する怒りのみならず、そいつを雇っているレストランそのもの、さらにはレストランの存在している地域全体、場合によっては地球規模にまで怒りはドミノ倒しのように一挙に広がり、人類なんて滅びてしまえと本気で思ってしまう。すべてが怒りの色に塗り替えられ、塗りつぶされてしまうわけだ。

総じて「坊主憎けりゃ袈裟《けさ》まで憎い」となりがちで、ひとつの事象に対してそれは地中に埋まっているピラミッドの先端だけが地面から露出している状態に等しいと解釈しがちなのである。だから、たまには「一を聞いて十を知る」どころか「一を聞いて千を知る」ような場面を現出させることがあり、過大評価を受ける場合がある。こうした性向は、まさに境界性パーソナリティー障害者たちの不安定さ、気まぐれさの根拠になっている。

もっとも、稀に嬉しいことや喜ばしいことに出会うと、世の中が暖色に染め上げられたりもする。とはいうものの、怒りや恨みや嫌悪に比べれば持続時間は短く、まことに儚《はかな》いものなのであるが。

　というわけで、わたしはいつも世の中に向かって「頼むからオレに心の平和を与えてくれ」と願っている。本気でね。たぶん相手は気づいていないだろうが、親切にされたり歓迎してくれたり評価してくれた相手に対してわたしは世界観を変えるくらいの勢いで感謝しているのだ。表情だけ見ていれば淡泊に映ろうとも、おそらく「たまげる」くらいに感謝している。だからいつも世の中に対しては「ああ、オレをおだててくれ、褒めてくれ、肯定の眼差しを向けてくれ」と呟いている。それなのに世間は常に悪意か無視かそのいずれかしか与えてこない。

　せめて占い師が心地よい託宣を与えてくれれば、わたしは気分良く過ごせるのだ。ただし出鱈目や出任せに対する直感はそれなりに備えているから、きちんと根拠と自信を以て「喜ばしい未来」を告げて欲しいのだ。わたしは常に救いを受ける準備、深い感謝を示す準備を整えているというのに。

　ひとつ大切な話を書き落としていた。小児喘息をわたしは患っていたのだが、これが心の形成に与える影響はかなり大きかったに違いない。発作の最中はどうしようもなく苦しい。息ができないのだから、たまらない。姿勢を変えても、喘《あえ》いでみても、まったく変化はない。神も仏もないとはこのことである。親切心で背中をさすられたりしてもむしろ邪魔で、ひとりで苦しんでいるほうがよほど気が楽である。でもとにかく苦しい。

確か小学二年の時点で特効薬が登場した。高価なアドレナリン吸入薬で、大日本製薬の「メジヘラー・イソ」という製品である（そういえば、大日本製薬はかつてヒロポンを製造販売していたのだった。喘息とは無関係な話だが）。これを口に咥《くわ》えて吸引すると、一瞬のうちに発作が治まる。劇的に効くのである。たちまちのうちに、「あの」普段通りの日常が瑞々しい質感を備えて、眩しいほどの明るさと彩度とで復活する。さきほどまでの苦しみが嘘のように思えてくる。

この体験は、まさに「救い」の要件①（それどころか③までも）を確実に満たしているではないか。いやむしろこの薬効体験が心に刻まれていたからこそ、自分は救いの条件として即効性を挙げずにいられなかったように思うのである。

それにしても吸入薬による即効体験は、自分にとって言祝《ことほ》ぐべき記憶に相当するのか、それとも不幸な記憶に相当するのか判断がつかない。

次に〈②慈愛に近い「大いなるもの」を実感すること〉はどうだろうか。

どうやら自分には何かに呑み込まれてしまいたいといった願望が強い気がしてならない。例のひとつはレミングである。毛むくじゃらの小さなネズミ目の動物は、スカンジナビア半島から海に向かって死の行進をして集団自殺を遂げると言われてきた。

今ではデマと判明しているものの、あのレミングの群れに自分も加わりたい気持ちがある。理由を問われても答えようがないが、妙に心を惹きつけるものがあるのだ。

リチャード・マシスンの短篇に、そのものずばりの「レミング」という作品がある(『13のショック』吉田誠一訳、早川書房、一九六二年)。海岸沿いのハイウェイに二人の警官が立っている。周囲には何万台もの自動車がひしめき合ってパークしている。それでもなお、次々に自動車が到着する。中から人々が出てきては、さながらピクニックでも行くように談笑したり、押し黙ったりしては、そのまま渚を突っ切って海へ入っていく。服を着たままで、中には毛皮のコートを羽織った女までいる。彼らは真っ直ぐに海へ歩み入り、反射的に泳ぐ者もいるが、すぐに海中に姿を消してしまう。何の疑問も持たず、恐怖に戸惑うこともなく、ごく自然な振る舞いで自ら溺れ死んでいく。もう一週間も前から、全人類が溺死を目指しているらしい。

それを見ながら二人の警官たちは、その現象について淡々と語り合う。結局、レミングの集団自殺と同じではないだろうか、と。

やがて入水《じゅすい》する者が途絶える。すると警官の片割れが「われわれの番かな?」と言い、握手を交わしてから海へと歩んでいき、消え失せる。残った警官は、煙草を吸いながら相棒が海に呑まれるのをじっと眺めている。それから煙草を揉み消し、自分も海に入っていく。もう誰も残っていない。無数の空っぽの車が海岸線に沿って並んでいるだけ。

そんな話で、それ以上の説明も教訓もない。レミングを人間に置き換えただけなのだけれど、わたしはこの話が気になって仕方がない。正直、オレも海へ歩いて行って消え失せたいと思いたくなる。それは自殺願望ではなく、何か大いなるものに呑み込まれる安堵感を連想させるのである。

ゾンビが世界に蔓延したら、わたしはスーパーマーケットに立てこもったりせずに、さっさとゾンビ化してしまいたい。世の中を覆い尽くすゾンビの一員となり、個性など放り捨てて彷徨《さまよ》い歩きたい。あるいはイナゴの群れに加わって野原を食い尽くしながら、無意味な生を終えてしまいたい。盲目的な衝動を無数の仲間と分け合いながら自滅してみたいのだ。

そのような願望には危うさと同時に、自暴自棄を優しく受け止めてくれる存在を期待している気配がある。そうした「大いなるもの」を実感できれば、わたしは救いに近い感触を得られるだろう。そのような「大いなるもの」のプチ・バージョンが母親（の好ましい部分）であるようにも思えるが、まるで違うような気もする。

最後の〈③遠ざかっていた日常が、鮮明な輪郭を備えて戻ってくること〉も、欠かせない要件である。

小長谷清実の詩に「痛みが去るまで」というのがあって（詩集『小航海26』思潮社、一九七六年）、中年男が歯痛に苦しむ様子を描いたライト・ヴァースになっている。その詩は二行ずつの連で綴られているのだが、最後の連は、

やがて痛みが去る
世界がニッコリ笑って和解しようよといってくる

となっている。歯痛の苦しみが（さながら喘息の発作が治まるように）不意に消え失せ、すると遠ざかっていた日常ないし世界が再び親和性を帯びて戻ってくる瞬間は、まさに「救い」の妙味ではないのか。そのとき世界は洗われたように新鮮で、同時に懐かしさをも感じさせる。何から何までくっきりとした輪郭で縁取られ、曖昧でごちゃごちゃした部分がない。ああ、この瞬間がずっと持続すればいいのにと思うが、すぐに鮮やかさは失われ、世界は煤《すす》けてとりとめのないものへと劣化してしまう。

救われたと感じた次の瞬間に立ち現れたあの清新きわまりない世界ないしは日常は、錯覚だったのだろうかと訝しみたくなる。いや、錯覚だったに決まっているではないか。あたかもディズニーランドの建物みたいなニセモノ感が微妙に伴っていたし、世界が掌を返してすり寄ってくるなんて、絶対におかしいのだから。

でもたとえ錯覚であったにせよ、あの「遠ざかっていた日常が、鮮明な輪郭を備えて戻ってくる」手応えには強烈な魅力がある。もしかすると、過酷な冒険を繰り返す人たちも、求めているのは似たような心的経験ではないのか。

多くの人々が、既視感《デジャ・ヴュ》に深い関心を寄せている。初めて目にする光景なのに、かつて自分が出会ったことがあるような確信が生じ、にもかかわらずその記憶は全くなく、そうなると前世での出来事かもしれないと理由づけたくなるような神秘的な気持ちに囚われる体験、それがデジャ・ヴュということになろう。生理学的ないしは心理学的な説明は可能だろうが、それよりもデジャ・ヴュとは、「遠ざかっていた日常が、鮮明な輪郭を備えて戻ってくる」現象をきわめて不完全な形で実現している姿なのではと思いたくなるのである。

親しみや馴染んだ感覚、さらには体験の連続性が欠落し、鮮明さや生々しさだけがニセモノ感とともに突出したケースが既視感ではないのか。フレンドリーな感触や普段の生活との連続性が消えてしまうのは、勝手な推測を許してもらえるなら、ミクロなレベルで統合失調症に似た現象が一過性に生じたせいかもしれない。つまり「救い」に病的不安（統合失調症で生ずるような強烈な不安）が作用すると、その結果として生まれるのがデジャ・ヴュではないかと考えているのであるが、当否は分からない。

さて、以上三つの要素についてあらためて考えてみると、「救い」とはなかなか官能的な経験であると思い至ることになる。だからこそ、たんに苦境から助け出してもらうのではなく、救われたいと願うのだろう。いや率直なところ、ちゃんと救いが訪れるのならあえて絶望も受け入れよう。そのあとに「救い」が確実に現れてくれるのなら、人生は大いにスリリングとなり充実感も得られるだろう。

今までの人生において、わたしはどれだけの「救い」に遭遇してきたのだろうか。それほど多くはない。いや、大部分は、たとえば通勤電車内でいきなり腹痛に襲われ顔を青ざめさせながら途中下車して駅のトイレに駆け込んだものの個室はどれも塞がっていて一瞬気が遠のいたけれど、半泣きの声で窮状を訴えたらすぐにドアが開いて「助かった！」とか、まあそういった類のものばかりである。確かにピンチと救いとのペアにはなっているが、人生を左右するような奥行きを伴った体験とは文脈が異なる。「救い」のうちでも、ランクは低い。

では明日の家庭科で使う裁縫セットを持っていなかったことや、ローマ字の仕組みを理解できなかったことは深淵かつ哲学的なエピソードなのかと問われると、わたしは苦笑いを浮かべるしかない。他人から見れば、むしろコントに近いような間抜けな些事に過ぎまい。でも幼かったわたしにとってそれらの「事件」は、世界の存続を問うような、あるいは自殺を視野に収めねばならないようなシリアスきわまりない出来事であった。電車内で急激かつ激しい便意を催そうと、そんなこととは無関係に自分にはいつもと変わらぬ人生が用意されていることをわたしは知っていた。ピンチではあっても、そのことで人生が、世界が終わりになるとは思わない。そうした点で、シリアスさが異なる。

自分にとってランクの高い「救い」は、せいぜい五回程度だった。それらについては詳細と顛末を逐一書いてみせられる。ひとり芝居で演じてみせることだってできる。

同じ体験を絶望と感じる者もいれば、ちょっとしたピンチではあるがまあ何とかなるんじゃないのかな、と軽く捉える者もいる。その差異については、他人がツッコミを入れたり「そんな腑抜けな気持ちでは駄目だ」などと論評すべきではあるまい。精神の怠惰さとは次元が異なる。で、わたしは事象に対するリアクションがいちいち大げさなほうなので、そのような人間においての「救い」の体験が五回というのが、多いのか少ないのかが気になるところではある。それは絶望体験が五回ということでもある。絶望は数ではなくて質や時間の問題かもしれない。ずっとぬるま湯の中で生きてきたわたしには、本当の絶望なんて知るまいと誹《そし》られそうだ。でもそういった不幸自慢みたいなことに興味はない。問題は救いを心の底から実感した体験である。

五回。その五回においてわたしはいちいち①悩みや苦しみが一気に解消すること。

②慈愛に近い「大いなるもの」を実感すること。③遠ざかっていた日常が、鮮明な輪郭を備えて戻ってくること。——を味わってきたのだ。これはやはり自分が祝福されているようにも思えてくる。せっかくなのだから、この際、それら五回のことをすべて書いておこう。既に母親絡みの二回ぶんは述べた。残りの三回のうち、二回は他所《よそ》で書いたことがあるのだけれどあえて再び述べさせていただく。

まず木琴のエピソードである。

これは、またしてもわたしが茫洋《ぼうよう》とした子どもであったことに起因する。

小学校低学年の音楽の時間に、木琴演奏が重要な課題として定められていた。こちらはそんなものに興味がないので（そして小馬鹿にしていたので）、あたかも演奏している「ふり」をしてやり過ごしていた。その代わりに、宇宙の果てを探検することや殺人光線は緑色をしているべきか赤色のほうが相応しいかとか、そんな想像に明け暮れていたのだった。

やがて危機が訪れた。来週の月曜に生徒ひとりずつが前に出て、順番に木琴演奏をさせられるというのである。発表会兼テストというわけだろう。わたしは狼狽《ろうばい》した。木琴なんてまったく弾けない。弾ける「ふり」をしていただけだ。クラス全員を前にして、わたしは棒立ちになるしかない。出鱈目を演奏するような度胸はない。ましてや何も分かりませんでは済むまい。教諭は、今まで何をしていたのかと詰問するだろう。そのときに、宇宙探検だの殺人光線だのでは弁明になるまい。さすがにその程度の現実感は持ち合わせている。わたしは窮地に追い込まれた。

クラスメイトに打ち明けて放課後の音楽室で特訓をしてもらうとか、そのあたりがもっともスマートな解決法だったかもしれない。だがわたしの通っていた私立の小学校は誰もが遠方から通っていた。放課後にぐずぐずしたり、気軽に友人の家に立ち寄るとかが難しかった。おまけに、そもそも「相談する」という発想がなかった。兄弟姉妹もいない。叔父（伯父）や叔母（伯母）や甥や姪や祖父母も近くにはいない。

こうなると、もはや処刑を待つ死刑囚のような気分になってくる。死刑囚なら死んでお仕舞いになるぶんメリハリが利いていそうだが、こちらは恥をかいたのみならずその後も音楽の授業は延々と続くのである。生き地獄じゃないか。溜め息どころの話ではない。

頑張るとか努力するとか、それ以前の話なのだから苦しい。仮病で逃げる手も考えられるが、下手をすると翌週に自分だけあらためて演奏をさせられるかもしれない。余計に事態が悪くなる可能性が高い。

重苦しい気分に押し潰されそうだった。解決策は思い浮かばない。なぜか反省の気持ちはほとんど生じなかった。不幸な星の下に生まれたような不条理感に苦しみ、食欲も進まなかった。世の中のすべてが色褪《いろあ》せて見える。通学で乗っていた電車の窓から見える見知らぬ街へ、一目散に逃げ込み溶け込んでしまいたいと願わずにはいられなかった。

日曜日になった。明日には音楽の時間が待ち受けている。悲劇が口を開けて待ち構えているのだ。しかも朝からしとしとと小雨が降っている。視界の中は無彩色に感じられる。灰色の日曜日とはまさにこのことではないか。

昼近くになって、とうとうわたしは耐えきれなくなった。父は縁側で煙草を吸いながら雑誌の『オール読物』を読んでいた（記憶の中の父は、大概、『オール読物』を読んでいる）。母は週刊誌のクロスワード・パズルを解いている。テレビはまだ我が家には登場していなかった。半泣きのわたしは、意を決して、自分の窮地について両親に打ち明けた。これは正直に申してバンジージャンプどころではない決断が必要であった。上手く言葉で説明しきれたかどうか。でも、木琴を明日までにマスターしなければもはやどうにもならないことは伝わったようであった。しかもここが奇妙なところなのだが、わたしは木琴で「ド」の位置が分からなかったものの逆にそれさえ分かれば、ほんの少し練習さえすれば明日の発表をクリアできる確信があった。どうにもバランスの取れていない話だが、事態はそのようなことになっていた。

それならば、もはやするべきことは決まっているじゃないか、と父が言った。すぐに父と一緒に出掛けることになった。母が玄関から二人を送り出してくれた。電車に乗って池袋のデパートへ行き、木琴を購入するのである。傘をさした父子は駅まで歩いて、黄色と茶色とに塗り分けられた電車に乗る。デパートの楽器売り場までエレベータで直行する。父が年配の店員に尋ねると、彼は何もかも心得ているかのように頷いてから、艶々とした木琴を見せてくれた。真ん中で二つに折りたためるので、意外に嵩張《かさば》らない。脇に小さな穴が二つ開いていて、そこにマレットの柄を差し込んで収納するようになっている。「ド」の位置が分かるかと父が尋ねると、「手引き」が付属しているから大丈夫ですと店員が請け合う。早速購入し、せっかくだからと六階の大食堂でオムライスか何かを食べた。

帰路の電車の中でわたしは「ああ、救われた」と思った。心の底から思った。これでどうにかなる。悩みは解消に至った。電車の窓を小雨の水滴が斜めに流れ落ちていくところや、灰色に煙るビルの群れが架線を支える鉄柱とともに横へ走り去っていくのが、まさに安堵に満ちた光景として胸に染み入ってきた。

午後は茶の間で即席の練習を行い、要領が良いのか悪いのか、ともかくわたしは翌日の発表会兼テストを無事乗り切ったのだった。そしてそのまま木琴は押し入れ行きとなり、その点ではもったいないことになった。わたしがこのエピソードを機に木琴演奏に目覚め、やがてゲイリー・バートンやミルト・ジャクソンみたいになったのならちょっとした感動秘話になったであろうが。

次は鉄棒のエピソードで、これは小学校高学年の話になる。

元来、わたしはスポーツがまったく駄目である。運動神経が鈍いというか、自分の身体の動かし方やタイミングの計り方が世の中の「ふつう」とまったく合致していない。常に違和感と失敗に悩まされていた。自分は重力や空気抵抗の異なる他所の惑星から来たのではないかと疑いたくなるような按配《あんばい》であった。しかも小児喘息があって運動経験が絶対的に少ない。身体を動かす遊びには、さして楽しさを感じないおかしな子どもであった。

そんな小学生にとって、体育の時間は地獄である。こちらは最初から諦めているので、それはすなわち気合いの入っていない態度となる、それが体育の教諭には不快きわまりなく映るらしい。こちらとしては体育なんて一切やる気がないし下手だし、だから当方の存在なんて無視してほしいのに、そうした発想そのものが揶揄でもしているみたいに体育教諭には感じられるらしかった。

鉄棒をやらされることになった。逆上がりが全員できるまでは、この学級に球技は「お預け」みたいなことを教諭が言うのであった。これは暴力である。クラスのほとんどは球技を楽しみにしている。それをわたしが阻む形になってしまうのだから。こちらが憎まれ役になってしまう。どうして体育に携わる人間はこうも残忍なことを思いつくのか。

結局、クラスで逆上がりができないのは三人に絞られた。ひとりは重度の肥満児である女の子。もうひとりは発育不全みたいに貧相な体つきの女の子（精神科医になってからわたしは、彼女そっくりの体つきの拒食症患者と出会うことになる。だが給食の時間の様子からすると彼女が摂食障害であったとは思えなかった）。そしてもうひとりがわたしである。女の子たち二人は、誰が見ても「まあできなくても仕方ないよなあ」と思える。そうなると問題はわたしになる。わたしが「A級戦犯」になってしまう。

教諭は手の指を広げてみせろと言う。掌をチェックし、豆ができていないと言う。つまり努力不足であり、真剣さが足りないのである、と。自分の家の庭に鉄棒があったら豆ができるまで練習したかもしれないが、生憎《あいにく》そうはいかない。それに、練習が足りない以前にどう練習していいのかが分からないのである。自分なりに練習をしてみても、どこかが決定的に間違っている。今の自分のやり方の延長に「逆上がり成功」の場面が待ち受けているようには思えないのである。

皆が他の運動をしているあいだも、三人の駄目人間たちは鉄棒の自主練習をさせられた。屈辱的であり、愚かしくもあった。せめて手に豆ができてくれればいいのに、それすら生じない。

見るに見かねたのか、それともこんな簡単なことすら分からないのかと呆れたのだろうか、体育の時間が終わった頃合いにF君が近寄ってきた。彼は口数が少なく大人びた印象の少年で、いつも冷静で成績も良かった。そんなF君が、耳元で囁くような調子でそっとアドバイスをしてくれた。

「腕をもっと自分へ引き寄せて、身体を鉄棒へ〈巻きつける〉ようにすればいいんだよ」

その瞬間、どのようにすれば逆上がりが上手くいくのか、そのイメージをはっきりと頭に思い描くことができた。一瞬のうちに自分は何を間違っていたかが分かった。腕を真っ直ぐ伸ばしたまま、意味もなく地面を蹴りつけていただけだったのだ。

早速、助言通りに実行してみた。すると——成功したのだ！　わたしの身体はくるりと鉄棒へ巻きつき、逆上がりは見事に成功したのであった。上下が逆さまになったまま、遥か遠くへと広がる校庭とその向こうの校舎。倒立した旗竿と樹木。頭の下の雲。この眺めにどれだけ救われた思いが重なったことか。

わたしは深くF君に感謝した。そのさりげないアドバイスの仕方に感動した。適切で具体的で無駄のない助言を素晴らしく感じ、言葉の持つ力を痛感した。

たんに救われただけでなく、言葉の力を具体的に実感したところにわたしにとってのこのエピソードの重要さがある。

以上はいずれも小学校での出来事であった。残りのひとつは、いきなり高校生時代へと飛ぶ。

作家になりたいとかそんな気持ちはなかったものの、わたしは文章が書きたくて仕方がなかった。それが小説とか詩、あるいはエッセイならばそれなりに手本もあるだろうし、道しるべもあるだろう。しかし自分が目指していたのは、エッセイと小説の中間のようなものであり（もしかすると、どこか本書に近いものを思い描いていた気もする）、あるいは散文詩に近いものであった。そのようなスタイルで、日常に潜む神秘や真実を淡々と書き綴ってみたかった。むしろカフカや安部公房に近い素っ気ない文体で、主義主張もなければメッセージもなく、しかし深く心の奥に訴えかけてくるような小品を書いてみたかった。決して大げさなものではなく、ささやかで不思議で、しかもさりげない作品を書きたかった。

でもそういったものこそ難しい。ましてや高校生は多かれ少なかれ精神が混乱状態にあるものだ。静謐《せいひつ》な文章などことさら難しい。いったい自分は何を目指しているのか、それすら分からなくなりがちで、孤立無援の気分に陥っていた。さらに、そのような悩みそのものを他人に説明するのが難しい。

静岡駅前の吉見書店で、わたしはその本と出会った。平野甲賀の装丁（まだ書き文字のスタイル以前）はストイックで品が良かった。薄いハードカバーで、「今日の文学」というシリーズの一冊らしい。題名は『ぼくの遺稿集』で、著者はローベルト・ムジール（昨今ではムージルとかムシルといった表記が多い）、訳は森田弘で一九六九年発行、出会ったときは新刊扱いであった。

何気なく手に取ったわたしは、帯のコピーに惹かれずにはいられなかった。表紙と裏表紙、それぞれのコピーをここに書き写しておく。

「特性のない男」の作家が生前に著した奇妙な冒険と救済の魔法の庭園——新しい実在の世界を示す傑作短篇集

人間とは、人生とは何か、それは初冬の夜明けに、見知らぬ神の手で「目を覚ました男」のように、無心に煙突を数えることか——傑作『三人の女』に比肩する名作「つぐみ」をはじめ「スケッチ」「そっけない考察」「話にならない話」など、読者を全く新しい実在の世界へ誘う、秘蹟にみちた素晴らしい短篇小説集。

ちなみに『特性のない男』はムジールが半生をかけて執筆を続けたものの、未完のまま死去してしまった大長篇で、後に読んでみたがこちらはものすごく退屈であった。『三人の女』は三つの短篇から成り、現在は岩波文庫で読めるがこちらは確かに傑作である。まあそれはそれとして、『ぼくの遺稿集』のほうは、エッセイないしはスケッチ文と短篇小説とで構成されていた。適当に本を開いてみると、「馬は笑えるか」という文章が載っている。長さはわずか四百字詰め原稿用紙で三枚半。内容は、馬が笑う場面を見たことがあるという一種の体験談だ。簡潔でしかしイメージ喚起力の高い文章によって、馬が笑う場面が淡々と描かれている。しかも、「で、それは戦前のことだった、だから、それ以来もう馬は笑わないのかも知れない」とさりげなく記すあたりに、シニカルな視線も見て取れる。

ああ、こういった文章を書きたかったんだとわたしは息を呑む思いだった。他の文章はといえば、蠅取り紙に捕まったハエが息絶えていく様子を克明に綴っただけの文章とか、夜明け前に目を覚まして窓の外を見たときの神秘的な印象だとか、望遠鏡で部屋から外を眺めたときのどこか窃視にも似た現実離れした感触だとか、そういったものが次々に出てくる。

「とうとう出会った！」と思った。この本こそが自分にとって手本であり道しるべになってくれるんじゃないか。学校の帰りに、こうも簡単に理想の本と出会えるとは！

ある種の芸術的な衝動に突き動かされ煩悶していた高校生にとって、この一冊はまさに「救い」として立ち現れたのだった。どれだけこの本が自分の支えとなってくれたことか。どれほど自分を鼓舞してくれたことか。そしてどれだけ不思議な気持ちを味わわせてくれたことか。

この本は今でも本棚にある。十年ばかり友人の本棚に鎮座していた時期もあったが、その期間を含めてほぼ四十年以上わたしの精神に寄り添ってくれている。自分にとっては奇跡の一冊であり、世間にはわたし同様この本から決定的な影響を受けた人はいないのだろうかと問いかけてみたい気持ちさえ湧いてくるのである。

以上で、わたしにとって「救い」と実感されたエピソード五つをすべて披露したことになる。片手で数えられるだけのエピソード。自分の人生が何だかひどくちっぽけなものに感じられて憮然とした表情を浮かべたくなったり、これら苦境→救いの記憶はときおり聖痕のように甦ってくるなあと思ったり、最後の「救い」を体験して以来もう四十年以上もご無沙汰だなあと溜め息を吐いたり、いささか複雑な気分になる。そしてエピソードがおしなべて言葉だとか「表現する」「表明する」ことの大切さと関係していたことに気づかされるのである。

そういえば最近、「救い」との接近遭遇みたいなエピソードに出会ったのであった。中野ブロードウェイでは二人の女性占い師にみてもらったのだったが、そのうちの一人が方位について調べてくれた。神楽坂の現住所と、その前に住んでいた目黒の住所を地図で調べ、線で結んで転居した方角を確定する。それとわたしの生年月日などを合わせて判断すると、どうやら現在の家は「凶」となるらしい。病気で死んだりするほどではないものの、努力が実らないといった具合に不幸をもたらすらしい。つまり生殺しである。まさに今現在のわたしそのものではないか。

占い師は「ははあ、やはり……」などと、いかにもそれが必然であるかのように独りで頷いている。

しばらくマニュアルみたいな古い本を参照しながら難しい顔つきで計算をしていた彼女は、何かを発見したらしかった。不意に晴れやかな顔をこちらへ向けた。

「ええっと、これは良い知らせかもしれませんよ。うん、絶対に良い知らせです。あなた、本を書いたりされているっておっしゃいましたよね。でしたら、南の方角へ転居してください。ただし二週間以内にね。たとえ十メートルでもいいから、とにかく転居すればいいの。そうしましたら、本を書くことに絡んで、お金も名誉もびっくりするようなものが得られます。どうですか、転居できますか？」

そんなことを畳み掛けるように言われて、わたしはたじろいだ。何だよ、「本を書くことに絡んで、お金も名誉もびっくりするようなものが得られます」って、どういうことなんだろう。

たちまち頭の中で、思いっきり自分に都合の良い妄想が一気に広がった。あんまり図々しい夢想なので、とてもじゃないが恥ずかしくて妄想の内容はここに書けない。だがそんな妄想が実現する方法を、目の前の占い師は具体的に提示しているのである。文筆によって「びっくりするような」富と名誉とがいっぺんに得られるとしたら、それはまさに自己肯定や自己実現につながるであろうし、無力感を少なからず払拭できるだろう。徒労感や虚しさの予感に押し包まれながらキーボードを叩くといった重苦しさが大幅に軽減されるに違いなく、つまり努力の甲斐がある人生を送れるように保証が得られるのだと想像すると、まさに福音であり救いに思われる。

だが引っ越しはものすごく面倒な作業である。費用だって相当に掛かる。今の家の間取りに合わせて新調した家具だってあるし、本棚の本をすべて段ボール箱に詰める作業だけでも容易ではない。電気やガス、水道、銀行、さらにはネット関係の手続きだの処理だって億劫きわまりない。それに、引っ越し先の物件を探さなければならない。雨露さえ凌《しの》げれば良いわけではない。仕事の合間に、そうした作業を二週間というリミットのうちに完遂しなければならないのだ。

だがたとえば夜逃げみたいな状況を設定してみれば、二週間以内が「絶対に」無理ということにはならない。そんなふうに考えてみると、占い師の語る「二週間」が絶妙な数値に感じられるのだ。

その場で、しばらく本気で検討してみた。心がざわめくのである。現在の不全感に対するわたし自身のシリアスさを試されているようにも思える。どうしようか。

しかし結局――断念した。何よりも妻を説得できそうになかったからである。占い師に言われたから急遽《きゅうきょ》転居しようなんて口に出したら、頭がおかしいんじゃないのと言われるに決まっている。それどころか、電車で中野まで行って占いをしてもらったこと自体に彼女が生理的な嫌悪感を示しかねない。こういったことが契機になって夫婦関係がぎくしゃくするのは困る。それに、本当に二週間以内に転居して、それで何も訪れなかったら失望感はいかばかりか。占いが外れたと思うよりは、自分の不甲斐なさに打ちのめされそうだ。それもまた恐ろしい。妙に生々しい話ゆえに、なおさら自分の小心さを実感する羽目となった。

わたしは日和《ひよ》ったわけである。しかも情けないことに、引っ越しは無理だがせめて次善の策を教えてくれと占い師に泣きついたのだった。

「それは残念ねえ」と呟きつつ、ならば寒川神社へお参りに行けと占い師はいう。あそこは差し当たって最強のパワースポットなので、お祓いをしてもらうのがよろしい、と。取り逃がした（かもしれない）幸運を少しでも挽回しようと卑しさ丸出しで、わたしは翌週に寒川神社へ赴いた。わざと冗談半分の口調で、占い師に助言されたことは隠し、ツキを変えるには最良らしいと妻に言い繕い、彼女の運転する車（当方は運転免許を持っていない。だからボンネットに白いストライプの入ったミニクーパーは妻の所有物である）で厚木の近くの神社へ馳《は》せ参じたのである。ダイソンの小型クリーナーが買えるくらいの額のお布施をして、しっかりとお祓いを受け、家の中に貼る御札を数枚貰った。御札を貼るには方角をきちんと選ばなければならないので、急いでアマゾンへコンパスを注文し、正確な位置に貼り巡らせた。今も貼ってあり、耳無し芳一めいた雰囲気がどことなく漂っている。そして不幸も幸運も、どちらも現在に至るまで訪れていない。

まあ占いに対してはこの程度の本気度を携えている次第である。

と、ここまで書いて重要な話を忘れていた事実に気が付いた。わたしは自分を自分の力で救済したことがある。それは今になって振り返ると重要きわまりない営みだったのだけれど、当時はその意味合いが分からなかった。無自覚なうえに「一気に」行われたわけでもなかったので「救い」としてカウントするのには躊躇される。でも実際には、あれはセルフサービスによる救いそのものではなかったのかと思う一件なのである。

大学を卒業するまでわたしは親と一緒に住んでいた。父は相変わらず多忙で不在がち、母は買い物依存症に陥っていた。息子であるわたしは二十歳を過ぎてもやはり不細工で、心は屈折してねじ曲がっていた。もちろんガールフレンドなんていない。本と映画とロックのレコードを糧にして生きていた。

母は醜いわたしに失望し、こちらはこちらで彼女の期待に相応しい「眉目秀麗な息子」でないことに心苦しいままだった。せめてわたしが息子として母へ差し出した妥協策は医学部に入ったという事実で、世間体は繕えるし将来金銭的に親の負担となる可能性もない。そこを汲んで容姿の悪さを帳消しにしてもらいたいところであったが、母親的にはこれでやっと「息子としての義務」の最低限をクリアしたという認識でしかなかった。そうは言わなかったが、当方はそのように理解していた。

わたしは母を憎みつつも、せめて何かで認めてもらいたかった。褒めてもらいたかった。できることならば、誇りに思って欲しかった（誇りとするに足るものなんか、何一つ持ち合わせていなかったくせに）。では彼女のほうはどうであったか。努力で補えるものなど軽んじていた。努力して当然、その帰結として成果を挙げて当然といった理屈である。天与のものを重視していたから、ベストは「美しき天才」であり、不細工な秀才など野暮で暑苦しい田舎者程度にしか思っていない。突出した才能もなければ、外見もみっともないネクラのオタク（もちろん当時はそんな言葉はなかったが）でしかないわたしを、ときには哀れむことはあっても、自分の遺伝子を受け継いだ者とは思いたくなかったはずである。

他人が聞いたら異常に思うであろうエピソードのひとつは、医大を卒業するまでわたしは自分の服を自分で買ったことがなかった点だろう。

昨今ならばユニクロとか無印良品で、さもなければネットショップでそれなりのものをどうにか調達することが可能だろう。問題は「それなりのもの」という点で、当方は己の醜さを知っていると同時に自意識過剰であった。なりふり構わないならばみっともない服を商店街の洋品店で買い揃えることが可能でも、当時は、多少の洒落っ気を出すと途端にハードルがひどく高くなったのである。どうも両極端で、カッコイイ服を手に入れるには、客を露骨に値踏みする気取った店員の店へ赴くしかなかった。もちろんそういった印象にはかなりの歪曲が加わっているだろう。でもわたしとしては、自信満々の状態で、しかも金を呆れる程に持っていなければ「素敵な服の揃っているショップ」には近づけないと信じていた。こちらのおどおどした態度だけで、小馬鹿にされるだろうと思っていた。しかも、もしも気に入った服があったとしても、それを買うには理由がなければいけないと考えていた。モテそうとか、あのロック・スターの服装に似ているとか、そういった理由ではなくて、この服ならば小旅行にも便利といった具合にちゃんと親に説明できるような理由が。

というわけで、服は母が買ってきた。醜い息子のために衣服を買うのは、母にとってさぞや抵抗があったであろう。美しい息子だったら、一緒に試着やオーダーを楽しめたであろうに。いや、デパートの外商と相談して見繕ってもらっていたのかもしれない。だから分不相応に高価だったりブランドものを結構身につけていたりもしたのだが、わたしとしてはちっとも面白くない。当然だろう。母の価値観と二十歳そこそこの若者の価値観には隔たりがある。ましてやこちらはキンクスとかドアーズに憧れていたのだから。

どう考えても母との共棲は異常であった。今のわたしが客観的に眺めるならば、共依存とコメントするに違いない。互いに憎しみを心に秘めつつも、決定的な破綻の訪れないままにずるずると日を送っていくのには、マゾヒスティックな楽しみが伴うことも確かにあったのだ。わたしとしては自分で生活費を稼げるようになるまでは、とにかく謹慎（罪状は、醜さである）に近い気分で過ごしていた。

大学を卒業して国家試験に合格したとき、これで自由にやっていけると思った。食いはぐれないという意味において、親を心配させないで済む。罪悪感を覚えずに済む。この時点で、何かが弾け飛んだ。自分なりの自己救済の始まりであった。

わたしは産婦人科の医局へ入局した（六年後には、思うところがあって精神科へ転向するわけであるが）。かつて母が、産婦人科医なんて女の下半身ばかりをいじっていて医者のうちでも最低だみたいなことを言っていたことをわたしは覚えていた。だから産婦人科に入局したのだと思う。母は、一瞬、言葉を失ったものだ。もちろん否定の言葉は述べなかったけれど。産婦人科医になることは、自己救済であると同時に、むしろ母への遠回しな復讐ないしは居直りといったニュアンスが強かった。

医局員が少なかったせいで、入局した途端に助手のポストに就けた。アルバイトも斡旋してくれた。すぐに金がたまった。さしたる根拠もないのに自信が溢れていった。やっと自分の思い通りにやっていける。

そこでまず、勇気を振り絞って美容院に行った。眼鏡は白山眼鏡店で茶色いセルロイドのボストン・タイプを誂《あつら》えた。あと数年でＤＣブランド・ブームが頂点を迎える頃であった。吉祥寺のパルコへ行って、Y's for Men（現在はヨージ・ヤマモトとなっている）で服を揃えた。ジャケットもシャツもパンツも、ついでに靴も。かなりの値段だった。いやそれ以前に、大変な度胸を必要とした。嘲りの笑いを浮かべた店員（当時はハウス・マヌカンと称した）に門前払いをされるのではないかと恐れた。お前みたいなみっともない奴に用はないと無言の圧力を掛けられるのではないかと不安に駆られた。童貞を捨てに遊郭へ独りで赴いた昔の青年に近い心情だったかもしれない。恐怖と闘いながら、まずはシャツを選ぶふりをした。とにかく買う意志を示し、そこで友好的な態度を示してくれるかどうかを見定めようとした。

マヌカンは意外にも親切だった。衣服ショッピング童貞であったことは見抜いていたに違いないが、小馬鹿にせずに丁寧に応じてくれた。決して若い女性ではなく（どうもY'sの店員には単純に美男美女が雇われるわけではないようで、超個性的だが親切な人が少なくなかった気がする）、そこが安心材料ともなった。実は最初に買ったシャツをわたしはいまだに持っている。たまに着てみることもある。時代遅れとか流行遅れの文脈には該当しない種類の服だから違和感がない。ここのブランドの服は、それこそオダギリジョーだろうとフランスの農夫だろうと「似合うときは似合う」性質のもので、ではわたしに似合ったかといえば大いに疑問ではあったが、自分としては初めての（服における）自己主張であったので、思い入れは大きい。もちろん自分が不細工なことは常に自覚していたものの、もしかしたら個性的な服を着ているうちに美醜とは別の雰囲気が生じて自分を正当化してくれるかもしれないといった幻想を抱いていた。医者になったことで生じた一時的な全能感や高揚感がもたらしたものに違いない。

少なくとも外見において、わたしは無理矢理に変身をした（つもりであった）。母が馬鹿にしてくるのではないかと身構えていたが、それは外れた。ただし褒めてもくれなかった。彼女の趣味とは別の種類のスタイルだったから。

服の購入の次に実行したのは、独り暮らしを開始することだった。中目黒に小さなマンションを借りて家を出た。当時は一ヶ月のうち二十日くらいは当直をしていたのだったが、これで自分としては精神的にも物理的に母親の引力圏から脱出したつもりであった。

何年か経って現在の妻と結婚することにしたのだったが、これにはまさに無意識のうちの「母への意趣返し」といったニュアンスが込められていた気がする。まず、相手はナースであった。母親の世代、あるいは母親が育った環境においては、これは誤解を招きかねない言いぐさであるけれど、ナースをプロフェッショナルな人間というよりもむしろ使用人に近いものとして下に見る気配があった。したがってナースと結婚するということは、母親の感覚からすれば、女中に手を付けて結婚に至るみたいな嘆かわしい性質のものと映ったはずである。結婚式なんてくだらないものも行わなかった。これについてどう思ったかは分からない。子どもも作らなかった。自分がろくな親になれないことが分かっていたから、あえて不幸の連鎖を絶ったのである。自分を最後に家系が途絶えるのは、なかなか小気味の良いものである。

母親のスリーサイズを息子が知っているというのは、人によっては気味が悪く感じられるかもしれない。ましてや母親のほうもわたしのサイズを知っていたのだから(そうでなければ服を息子へ買い与えられなかった)。それに加えて妻のスリーサイズが自分の母親とほぼ同じと知ったときには、さすがにマザーファッカーという言葉が脳裏に浮かんだものである。グロテスクな挿話としかコメントのしようがない。

でも、とにかくわたしは家から、母のもとから逃げ出した。血縁こそはあろうと、もはや無関係な生活を歩むようになった。別に自慢するような話ではない。息子が母親から独立するなんて当たり前だし、通常、それはことさら意識などせずとも成し遂げられよう。二十歳を過ぎても母親に服を買い与えられているような生活が異常なだけである。

けれども精神科医となった現在、家族病理を扱うようになってみると、わたしと大同小異のケースが巷には数多くあることに気づく。ケースとして浮かび上がってくるのはある種の引きこもりやニートないしは共依存の形を取りがちで、当然のことながら、母のもとから逃げ損ねたケースとなるわけだが。

逃げ損ねた彼らを見て、悲痛な気持ちに囚われると同時に、逃げ出せた自分を祝福せずにはいられない（とはいうものの、自分が境界性パーソナリティー障害に近い精神構造であることは既に書いた）。もっともその祝福はほんの一瞬で、たちまち複雑な思いに取って代わる。たとえば母子共棲の状況から、わたしはもっと別な方法で打開を図っていたかもしれないのだ。

その方法のひとつは精神を深く病むことだったかもしれないし、もしかすると同性愛者といった形もあり得たのではないか。誤解がないよう申し添えておくが、わたしは同性愛を「異常」の意味で挙げているのではない。いくつかの条件が整えば、いくぶん突飛な現状打破の手段として同性愛が選択されることもあるだろうと考えているだけである。ゲイの人にはそうなるだけの経緯や必然があり、その中には現状打破と自己肯定への絶望的な試み、さらには世間の価値観への復讐としての同性愛もあるだろうと想像しているだけである。

さて医師になることを契機に、無理押しでわたしは自分で自分に救いをもたらしたと解釈している次第だが、手相を見てくれた占い師によれば、そうした軌跡は確かに手相としてわたしの掌に刻みつけられているという。盲目の人によって力任せに剔《えぐ》られたようなギザギザの感情線が途中から一本の線にすーっと変化しているのを眺めると、なるほどねえと呟きたくなる。しかしわたしは本当に母親の引力圏から離脱できたのだろうか。

精神科医になってから二十年以上にわたって、わたしは本を書き続けている。その理由には表現欲求があるし書物という形でひとつの世界を織り上げる強烈な喜びがある。でもそれだけではなく、母に認めてもらいたい気持ちが大きく関わっている。

自著を自分で母に渡したことはない。が、妻から渡してもらうようにしていた。母がどんな感想を抱いていたのかは分からない。母が死んでも、あいかわらず認めてもらいたい気持ちは変わらない。それじゃあ結局のところ、母の引力圏からは離脱していないことになるだろう。そう、その通りである。理想の息子になれなかったまま、なおもいじましい悪あがきをしている。年齢なんか関係ない。和解も成立していない。根本の部分は何も変わっていないのである。

救いといった事象と「書くこと」とを考え合わせるとき、第二章で触れたアメリカの詩人W・C・ウィリアムズの作品が思い浮かんでくる。

彼の詩風が確立された一九一七年（この年に、彼はマルセル・デュシャンの新作と出会っている。そんな活気のある時代である）刊行の詩集『ほしい人にあげる！』に、「一月の朝」という作品が収録されている。

三十四歳、ニュージャージー州ラザフォードのリッジ通り九番地に医院を構える開業医として充実しつつあった時期に書かれたその詩は、十五の断章に分かれ、医師としての潑剌とした日常が反映されている。そして最後の断章において、詩はいきなり告白めいたトーンを帯びる。わたしはそこを読むたびに心がちくちくするし、そこにはまぎれもなく幸福のひとつの形、わたしにとっての理想が語られているのである。中山容の訳を引用して、この章を終えたい。

これは全部——

　あなたのために書きました　ママ
わたしはあなたにわかってもらえる
詩が書きたかったんです
あなたがわからなければ
なんの役にも立ちません
　　でもわかろうとはしてください
でも――
　ほら　帰ってねる時間がきても
夕方のパーク街をわらいながら走り回る
少女たちのことはわかるでしょう
えーと
丁度わしもどうもそんな風なのです

第五章

一線を越える、ということ

人生には、一線を越えるべく腹を括るべき瞬間がときおり訪れる。それまでの人生とはニュアンスの異なる別な人生へと踏み込む瞬間が、即ち「一線を越える」ということである。

一線を越える行為はもしかすると恋の告白かもしれないし、小説の新人賞への応募かもしれない。充実感はあっても高収入は望めない職業を選択することかもしれないし、特殊な性的嗜好《しこう》についてのカミング・アウトかもしれない。長年そのまま押し通してきた嘘を懺悔《ざんげ》することや、諦めていた夢に今一度本気で取り組むことかもしれない。親から独立する手始めとして、勇気を振り絞り、生まれて初めて自分の服を買いに吉祥寺パルコへ足を運ぶことかもしれない（前の章で述べたようにこれはわたしのことである）。そこには世間的な価値観は通用しない。還暦を過ぎてもいまだにATMの使い方を知らないという「恥ずかしい秘密」（これもわたしのことである）と、中年男になってもいまだ童貞である（もちろんこれはわたしではない）という事実と、どちらがより切実かは本人にしか分かるまい。母親に賞賛してもらえた記憶がないことと、職場で上司や同僚から認めてもらえたことがないことと、どちらがより虚しいことなのかが人によって異なるように。

　わたし個人にとって、占い師を訪ねるという営みには「一線を越える」に近い感触があったのである。通俗、安易、キッチュ、迷信、詭術《きじゅつ》、胡散臭さ、いかがわしさ――そのようなトーンを強く帯びたものへ、遊び半分や冗談半分ではなしに自分自身を委ねるのには、相当の覚悟を必要とした。こういった表現をしたら占い師の人たちに失礼なことは分かっているけれど、気分的には、身体のラインは崩れ歯は抜け化粧は異様に濃い老娼婦と同衾《どうきん》してしまったかのような自己嫌悪がないでもない。

　でも占い師に頼るしかない気分だったことは確かだし、あながち間違った選択であったとも思っていない。自分ではよく分からないものの、おそらく占い師を訪ねる前と後では内面的に大きな変化が生じている気がする。それはもしかすると自己嫌悪を誘発することを承知で「運勢をみてもらう」ことに踏み切った点において自虐的なギャグに近いものだったような気もするし、自分の弱さを認めるという意味においてある種の通過儀礼（六十歳を過ぎての！）に準じたものだったのかもしれない。少なくとも、三十数年ぶりに涙を流した事実だけでも大変な事件と言えるのではないか。

　ところで、こうして文章を綴りながらあらためて気づいた事実がある。それは以下の通りである。すなわち、わたしにとって占い師のところへ赴くという行為には、自虐的なギャグどころではなく、むしろ自傷行為に近いニュアンスが含まれているらしいことなのであった。

つまりリストカットやOD（オーヴァー・ドーズ、過剰服薬）と同じ地平に、占い師を訪ね行く振る舞いは位置している（わたしの場合は）。自傷行為は自己愛に満ち、恨みがましさと自己嫌悪とが入り混ざり、甘えが見え隠れし、あざとさと秘密主義とが葛藤している。まさに我が心性であり、だから占い師に頼った経験を他人に知られたくないと同時に、このようにわざわざ本に書いてまで語りたがっている。

明確な形で「いわゆる自傷行為」に及んだ経験は、わたしにはない。でも、遠回しな形ではそれを繰り返してきたような気がする。いつもぼんやりしていて大事な説明や情報を聞き逃し、その結果として自分だけが窮地に陥るというのが幼少期からの危機のパターンなのであるが、今ちゃんと聞き耳を立てておかないとまずい事態になることは（奇妙なことに）しっかりと理解していたのである。にもかかわらず窮地に追い込まれ、「救い」を切望する。そのような反復は、自作自演に近いトーンがある。自分に救いがもたらされるのかどうかを試すための自傷行為もどきであったようにすら思えてくる。

山内マリコの中篇小説「かわいい結婚」を読んでいたら（『かわいい結婚』所収、講談社、二〇一五年）、こんな文章に出会った。家事のできない新米主婦のひかりが、友人たちの間で自分「だけ」が家事に疎いことに気付き、戸惑う場面である。

……いつどういうタイミングで、女性は当たり前のように料理をするようになるんだろうかと、ひかりは思う。

家庭科で教わることなんてたかが知れてるのに、花嫁修業なんてものも廃れているはずなのに――ていうか花嫁修業ってなにすんの⁇――それでも女性は結婚すればごはんを作るようになり、掃除や洗濯を当たり前にこなせるようになるなんて、ひかりからすればまったくのミステリーだった。一体いつの間に、彼女たちはノウハウを手にしたのだろう？　ひかりの知らない間に――まるで男子が外でサッカーをしている間に、女子がこっそり教室に集められて生理のことを教えられたみたいに――家事の伝承も行われていたのではないだろうか？　でも自分だけ間違って、外で男子と一緒にボールを蹴ってたんじゃないか？　ひかりはふぅーっとため息をついた。

これに近い感覚が子ども時代から現在に至るまで持続している。でもどこか無意識のうちにわたしは、自ら大事な機会を逃しては窮地に立ちたがっていたように思えてしまうのである。絶望と救済の茶番を作り上げたいがために。

ことに母親からの救済をわたしは切望していた。なぜなら自分が彼女にとって「救うに値する存在」だと証明してもらえることが、救われたという感覚の喜びと同等ないしはそれ以上の価値をもつのだから。

したがって（無意識のうちの）自作自演とはまったく無関係の文脈で陥った難局に母が手を差し伸べてくれた際には、何だか予想外のボーナスでも貰ったような幸福感に満たされたものである。そんな一場面をここに描写してみよう。

昭和三十五（一九六〇）年のことであった。いきなり引っ越すことになった。父は保健所長の職を唐突に辞した。半年後に厚生省（当時）へ勤めるようになるのだが、とにかく辞職とともに官舎を出なければならない。差し当たって住む家を探す必要が生じて、しかし金銭的な事情も含めて家探しは難航したらしい。その挙げ句、かなり突飛な家へ住むことになったのである。

いったい昭和三十五年とはどのような年であったか。

新安保条約締結で日本中が揺れ、全学連のデモ隊と警官隊との衝突で樺美智子が死んだ。西田佐知子の「アカシアの雨がやむとき」がヒットし、プレスリーの「GIブルース」がFENから流れ、インスタントコーヒーが登場し、テレビでは「サンセット77」や「ララミー牧場」が人気を集め、浅沼稲次郎（社会党委員長）が右翼の少年に刺殺され、「ダッコちゃん」人形が爆発的にヒットした。進駐軍はとっくに在日米軍と名を変えていたが、テレビドラマ「私は貝になりたい」が放映されて茶の間にショックを与えたのはほんの二年前、ちょうど赤線が消えた年だ。いまだに占領下の雰囲気はうっすらと残っており、アメリカ軍の放出品やハーシーのチョコレートやパーカーの万年筆、MJBのコーヒー、マテル製のモデルガン、煙草のラッキーストライクやキャメルなどが「舶来品」として珍重されていた。アメ横が、アメリカの物資が手に入るということで一目置かれていた時代である。

現在では航空自衛隊入間基地となっている場所は、在日米軍のジョンソン基地と呼ばれていた。当然のことながら基地周辺には米軍ハウスが建ち並び、ジープやアメリカ製のセダンが走り回り、米兵相手の飲食店や娼婦が出現した。かつての福生のようなものである。この入間から電車で五つ目の駅が西所沢で、ここにわたしたち一家の新しい家があった。

それはまさに米軍ハウスそのものであった。それが数軒、群れ集まっていた。つまりその一角だけはまさにアメリカなのである。細かい砂利が敷かれ、白くペイントされた低いフェンスがあり（芝生だけはなかった）、ブリキのメイルボックスがあり、たまにフォードやビュイックが駐まっている。だが軍人が住むには、ここは基地から少々遠くないだろうか。

どうやらここは米軍の軍人達の現地妻ないしはオンリー（将校クラスと愛人契約を結んだ娼婦）の家々らしかった（そのためにわざわざ基地から距離を置いた場所に建てられたのだろうか。いまひとつ事情が分からない）。どの家も二十代半ばから三十代くらいのどこか水商売ふうの日本人女性が一人で住んでいた。軍人の姿を見掛けることは滅多になかった。そして当然のことながら風紀上ないしは教育上、きわめて好ましくない一角であった。幼かったわたしも、ここが明らかに「いかがわしさ」の漂う若干現実離れした場所であることを肌で感じていた。いったい、いかなる発想でこんなところに子ども連れで住もうと我が両親は考えたのだろうか。いや、それほどに逼迫《ひっぱく》した経緯があったに違いない。

それまで住んでいた家は純粋な日本家屋で、玄関は引き戸だったし縁側があり雨戸があった。屋根は瓦である。トイレは和式で、まだ汲み取り式であった。ところが新しい家は下見板張りの外壁がペンキで白く塗られ、玄関は網戸とドア（ミントグリーン）の二重になっている。軒は低く窓は大きく、まさにアメリカの家だ。テレビでしか見たことのない外国の家なのだ。

外国人のように、家の中で靴を履いていた記憶がある。もちろん畳の部屋なんかない。リビングの一角にはホームバーが設《しつら》えてあった。印象的だったのは壁の色で、リビングはココア色とベージュの二色に塗り分けられ、両親の寝室はどぎついピンクに塗られていた。深緑のソファは、もともとハウスに備え付けだったのだろうか。バスタブはなくシャワーしかなかった。だから数日に一回は銭湯に通っていた。

わたしが初めて水洗トイレを使ったのはこの米軍ハウスであった。トイレとシャワーは別になっており、狭苦しいトイレの壁はアップルグリーンに塗られていた。青リンゴの緑色は、電灯を反射して内部を眩《まばゆ》いほどの明かりで満たした。さながら緑色のゼリーの塊の内部に自分が閉じ込められたかのような気分にさせられたものである。

水洗トイレの使い方を知らなかったわたしは、大便をしたあとに山ほどトイレットペーパーを便器に突っ込んで詰まらせた。混乱した当方は、震え声で母を呼んだ。母親は顔をしかめて激しく叱責するだろうと予想した。だが意外なことに、彼女は優しく接してくれた。状況をそのまま受け入れてくれた。水洗の仕組みを丁寧に説き、便器に手を突っ込んで濡れたペーパーを摑み出した。いったん水を流し、するとタンクに水が溜まるまでしばらく時間が掛かる。狭いトイレの中で、わたしは母と向かい合ってじっと立っていた。

不思議な緑色の光でトイレの空間は満たされ、頭上のタンクから水の流れ込む単調な音が聞こえてくる以外は沈黙が支配している。母はわたしのウンコが付着したトイレットペーパーの塊を摑んだまま、少し眠そうな表情を穏やかに浮かべている。いきなり日常に割り込んできた「アメリカ的生活」を巡っての息子のささやかな失敗によって、母子がこうして対になって静かに佇《たたず》んでいる。

他人から見たら間抜けな光景にしか見えないだろうが、そのときのわたしには、(当時はそんな言葉など知らなかったけれど)自分と母とが泰西名画の母子像そのままとなっているかのような気分になっていた。アップルグリーンの光に包まれた官能的な母子像である。それは滑稽な姿であろうか?


あの米軍ハウスに住んでいた時期の母は、ずいぶん心が平穏であった気がする。娼婦だかオンリーたちと一緒に奇妙な「日本の中のアメリカ」で生活することに、心理的な抵抗はなかったのだろうか。母は結構差別的なところがあったはずなのに。ハウスで暮らす女性たちは、予想以上に家庭的で親切な人たちであったらしい。母が周辺地域の「日本人」たちから「商売女の一人」と思われていた可能性は否定できない。でもそういったことには、ときに無頓着というか無防備というかまったく気にしないところが彼女にはある。あの一角に住むことを恥じたり苦痛に感じていた気配がないのが不思議であると同時に、そんなものかなと思ったりもする。

わたしは隣人たちの家によく遊びに行った。オルガンを弾かせてもらったり、オレオ・クッキーだのチョコバーをご馳走になった。女性なのにプラモデルを作るのが好きな人がいて、米国産のジェット機の模型を見せてもらったりもした。微熱で頭がぼんやりしているような日々で、それは母も似たような状態だったのかもしれない。日本人としての日常の一線を越えてしまったゆえの微熱だったのだろうか。

ある晩、ものすごく太った男性が訪ねてきた（日本人だが、発音が二世みたいだった）。父の古い友人らしかった。彼はわたしにお土産を持ってきてくれた。それはバタービーナッツの缶を模した「びっくり箱」であった。アスパラガスの缶詰みたいに縦長のピーナッツの缶は、表面に英語で商品名が書いてある。いかにもアメリカ漫画のタッチでミスター・ピーナッツふうの絵も描かれていた。

この缶は二重底になっていて、そこに小石が入っている。缶を振ると、からからと音がする。その音で相手を油断させて缶の蓋を開けさせる。すると中にはスプリング仕掛けの蛇が押し込まれている。不気味な模様がプリントされた布がスプリング・コイルを包み込んでいて、先端部には「蛇」の顔が描かれている（細長い舌は省略されていた）。蓋を回して開けると、毒々しい色の蛇がそれこそ獰猛《どうもう》に空中へ飛び出していく。

飛び出した蛇は、全長が予想以上に長かった。缶の長さの四、五倍もあろう長さの蛇がゆったりと弧を描きながら、頭上へと伸び上がっていく。仰ぎ見ると跳躍は天井を擦《こす》らんばかりの高さに及び、そのときには電灯の光を下から浴びて、天井へ黒く歪んだ影をくっきりと落とした。さながらドイツ表現派のモノクロ映画のように。わたしは天井に生じた蛇の影が大きいことと、蛇が空中を横切っていく速度がひどくゆっくりであったことによって、激しい不安感を与えられた。

せっかく貰ったびっくり箱だったが、わたしは二度と蓋を開けようとしなかった。怖かったのだ。あんな気味の悪いものが飛び出してくるなんて、既に正体を知っていてもなお恐ろしかった。

もし不安という言葉に姿を与えるとしたら、それにはあの布とスプリングでできた蛇が夜の室内で天井すれすれに（しかもゆっくりと）飛んでいく様子こそが似つかわしい——そんなことをイメージせずにはいられなかった。不安感と蛇との取り合わせなんて、いかにも精神分析学の俎上《そじょう》に載せられそうな題材であるが、そんなこととは無関係に、とにかく何か非常に本質的な印象を与えてくる光景だったのである。さながら超越者からの啓示のように。

トイレ（緑の部屋）で母に受け入れてもらえた喜ばしい体験と、不安を具体的な形にしたらどのような姿なのかを実際に目撃した体験、その二つをおよそ半年の内に味わったのだからあの米軍ハウスでの日々はかなり濃厚だったと言えるだろう。

そして両親にとってはツキに見放された忍従の期間でもあったのだろう。事実関係についてあれこれと問い質したいところなのだが、もはや両親ともこの世にはいないので、自分独りで思い返す度にあそこでの生活は現実味を失っていく。

もし両親が昭和三十五年以前に占い師に鑑定を受けていたら、あの米軍ハウスへの転居は必ずや予言されたに違いない。それはただの引っ越しではなく、彼らにとっては運命的な節目の時期だったはずなのだから。

辛いときや苦しいとき、この今の状況は占い師が予言するに値する出来事であるだろうかと考えてみることがある。もし過去に占い師を訪ねていたとしたら、そのときに今の状況について予言やコメントをしただろうか、と。

一見したところは似たような「シビアな状況」であっても、それは自分の生活において大きな意味を持つ場合とそうでない場合があるだろう。前者であるならば、運命の流れに大きく関わるのだから「予言するに足る」ということになる。必ずや占い師が言及したであろう「今」となる。逆に後者であるならば、所詮は月並みでありふれた苦境と見なしてやり過ごせばいい。

そんなふうに自分の現在を吟味してみるのは、何だか遠い天体から望遠鏡で自分の姿を眺めているような気分である。それは気分を少しばかり楽にしてくれる。そうなのだ、もしかすると占いがもたらすもっとも強力な効用は、自分の苦境を相対化して心を鎮めてくれるところにあるのかもしれない。そしてそれは実際のところ、現状を黙って受け入れる姿勢につながってくるだろう（そのために、わたしは一線を越えたのではないか)。あとは生きる意味さえ見出せれば盤石の人生ではないか。

数年前にある雑誌からアンケートが来た。あなたにとって「生きる意味」とはどのようなものなのか答えよ、と。

さまざまな人たちがさまざまな回答を寄せており、中にはそんな青臭い質問そのものに問題があると反感を示す意見すらあった。で、わたしの回答はきわめて具体的であった。あまりにも具体的なので小馬鹿にされた気配があるが、何か頓智の利いた回答が求められていたのだろうか。まあ他人のことはともかくわたしの答えについて述べたい。そのためには小学校に入る前の時代にまで遡《さかのぼ》る。

既に述べた通り、父は保健所の所長をしていた。保健所はわたしにとって遊び場のようなものだった。解剖図や寄生虫の標本、伝染病予防のポスター、眼病の図譜、栄養成分表などをまじまじと眺めるのが楽しみのひとつであったし、わざわざ化学の実験器具と試液を使って水の色が変化する「手品」を披露してくれる職員もいた。所長室の机の上にモノクロの写真が置いてあり、それは鶏小屋のような粗末な檻に監禁されている精神遅滞の少年(しかも裸同然)を撮ったもので、ピントがややぼやけているがためになおさら異様な衝撃を与えてきたものである(たぶんトラウマになっている)。壁には管轄地域の地図が貼ってあり、赤痢が発生した場所には赤い頭の待ち針がびっしりと刺してある。いかにも禍々《まがまが》しく見えた。

そんな保健所の二階にレントゲン室があった。健康診断のためにX線写真を撮るわけである。その部屋を親切な技師に案内してもらったのだった。当時のレントゲン装置はまことに大掛かりで、それこそマッドサイエンティストが発明した怪しげな機械を連想させた。しかも電極管から発生したX線の焦点を合わせるために、重い機械そのものが前後に三十センチくらい移動できるよう床に二本のレールが敷いてあった。全長三十センチプラスαのレールである。

銀色に光るその短いレールを目にしたとき、わたしは「鉄道みたいだ」と思った。保健所の近くを走っている西武鉄道池袋線の線路と直接つながってこそいないけれど、レールという意味では対等だと思った。いやそれのみならず、このレールはおそらく世界でもっとも距離の短い「現役の」鉄道に違いないと直感した。模型ではなく実際に使われているところがキモである。ああ、世界最短の鉄道が、誰にも気づかれることなく今自分の目の前にひっそりとある！　しかもこの鉄道は「本物」であるのに名前すらない。

わたしはこの世にさりげなく隠されていた秘密を発見した気分になった。まだ誰も気づいていない。保健所の二階にある世界最短の鉄道の存在を知っているのは自分だけだ。

その事実に思いを凝らすと、陶然とした気分になった。わたしは、こんなふうに世間に隠された詩的真実を発見するために生まれてきたのではないのか。もちろん当時のわたしは詩的真実なんて言い回しは知らなかったが、内容的にはそのようなことを考えたのだった。自分はこれからの人生において、この世界最短の鉄道を発見したような具合にさまざまな「世界の秘密」を見出していくだろう。それは世俗的な価値観に照らせば取るに足らない事柄であろうし、社会に影響を与える種類のものでもあるまい。でも、そのようなささやかな発見によって世界の構造が見えてくるに違いない。と、そんなことに自分の使命ないしは生きる意味を見出していたのだった。もちろん今でも変わっていない。つまり人生の中から類似と相似を見つけ出し、この混沌とした世界に自分なりの方法で独自の視点や秩序を見て取りたいのである。

　そうなのだ。身も蓋もない表現をするなら、わたしにとっての生きる意味とは、自分の周囲から類似と相似とを見つけ出す営みに他ならない。シンプルなものである。結局のところは三好達治が書いた四行詩〈蟻が／蝶の羽をひいて行く／ああ／ヨットのやうだ〉のインスピレーションや、梶井基次郎の檸檬《れもん》の夢想を理想とするちっぽけな人生だ。でもそれで十分である。それがわたしにとっての喜びだし、そうした成果をときたま本にして刊行してみたりもするが、世の中の人たちの多くは無視するだけである。きっと、ハウツー本や、安直な感動をもたらすチープな小説のほうが大事なのだろう。ファストフードみたいな味わいの人生のほうが良いと本気で思っているならそうすればいい。

といった次第で、わたしにとって〈オモテ〉の生きる意味は、「人生の中から類似と相似を発見し、この混沌とした世界に自分なりの方法で独自の視点や秩序を見て取る」こととなる。小谷野敦は「つまり、自分を取り巻く『世界』を分節（アーティキュレイト）して整理するというのが、ヒトが大脳を使って考え出した最も高度な退屈しのぎの方法なのである」（『退屈論』河出文庫、二〇〇七年）と書いているが、それにつながる話なのかもしれない。そして他人の役に立ちたいとか、世の中をより良いものにしたいなどといった道徳的発想がまるでないところに、当方の「人間としての問題」があるのかもしれない。

他方、これはアンケートの答えとしては書かなかったが、〈ウラ〉の生きる意味もありそうな気がするのである。

前章の内容に則れば、それは「救い」を得て喜びと安堵とに浸る瞬間をじっと待つことなのかもしれない。でもその奥底には、（たぶん）母親に認められたいという願いが横たわっている、いまさら絶対に叶うことのない願いが。あるいは本当は自分は運命に祝福されていると証明したい。そんな馬鹿げた考えが、〈ウラ〉の生きる意味になっているように感じられる。

そしてそれは実際にどんなふうに実践されているのかと申せば、情けないことに、どうやら巧妙に隠蔽《いんぺい》されたり変形された形式での自傷行為の繰り返しのようなのであった。

念のために申し添えておくが、自傷行為と自殺とは似て非なるものである。自殺は一直線に死を目指す。死に魅入られ、この世と縁を切ることを至上の目的とする。おそらく死を迎える前に、自殺志願者は思考も感情も既に活動を停止している。だからあらゆる自殺は惰性によって遂行される。したがって恐怖や痛みに怯むことなどない。自殺を思いとどまるように説得しても功を奏するケースは少ない。首を括ったり電車に飛び込むのは、（比喩的に申せば）リアルな人間ではなく抜け殻である。

死の本能、死を志向する衝動といったものはあるのだろうか。

フロイトが「死の本能」を唱えたわけであるが、これは彼が死の本能そのものをさながらチェレンコフ光のようにありありと目にしてしまったからというよりは、いっそ死の本能といったものを設定してしまえばいろいろな精神現象（戦争をせずにはいられないとか、馬鹿げた冒険とか自暴自棄とか）を説明しやすくなるといったいささか机上の空論的な考えに基づいているようである。あるいは、死を静止とか安らぎ、安息に近い安定した状態と捉えていたフシがある。死を、黒々としているうえに無限とか底なしといったキモくて不安定な性質のものとは考えていなかったのではないか。

わたし個人としては、死の本能に翻弄されているとしか思えない人物を一人だけ知っている。某精神科病院に勤めていた頃に、病棟で受け持ったことがある。六十前後の小柄な男性で、身寄りが一切なかった。生活保護を受けている孤独なクリスチャンであった。聖書もちゃんと持っている。それなのに、ある日いきなり発作のようにして死にたがる。それを繰り返す。高い建物の屋上まで上がって飛び降りるとか、踏切まで足を運んで電車に飛び込めば確実に死ねるのに、そんなことをする前に、とにかく手近にあるもので死のうとする。だからいつも失敗する。それでも包丁で腹を刺したときには腹膜をちゃんと貫通していたし、醬油をコップに二杯、しっかりと飲み干したこともある。車道に飛び出そうとしてその前に自転車と衝突して骨折を負ったこともある。とにかく本気度と切迫感が半端でない。そんなことをしながらも、しばらくすると牧師だか神父にもらったという十字架をじっと見詰めていたりする。死への衝動を自分でも説明することができない。

解離性の行動と考える医師がいたが、あそこまで気合いの入った自殺行為を解離性障害の患者はしないものである。てんかん発作の特異な形ではないかと指摘する医師もいたが、脳波には反映されていないし抗てんかん薬を投与しても効かない。いったいいつ「死にたい！」の発作が出るのか分からないので、とにかく目が離せない。さしあたって閉鎖病棟に入ってもらっていたが、まさか一生そこで過ごさせるわけにもいかない。

この人物は、最終的には洗面所でぬるぬるの石鹼を自ら口の奥に押し込み、窒息して亡くなった。苦しかったはずである、もの凄く。こちらとしては結局、死へ向かう闇雲な衝動を食い止められなかったわけで、呆然とするしかなかった。このときばかりは、死の本能という言葉がネオンのように点滅しながら脳裏をかすめたものである。でもこの人以外でここまで死の本能をはっきりと想起させた人物はいない。

たぶんわたしの精神の底にも死の本能なんてないだろう。でも死を弄んだり、死を担保にして心のバランスを保ちたいといった邪悪な心性は確実にある。自傷行為もどきを含め、所詮は自己流の黒いユーモアである。

わたしにとっての「巧妙に隠蔽されたり、あるいは変形された自傷行為」は、無数の「自業自得」による失敗の数々であり、そこには救われたと感じた際の快感を渇望するジャンキーのような精神が関与していた気がする。さもなければ、他人（ことに母親）の愛情を試したり確認する手続きのひとつとして行われた。いやそれだけではない。もはや自分の運の強さや運命の成り行きを確かめるための儀式の様相を呈している気すらするのである。つまりわたしは自分が神様に好かれているかどうかをチェックしたかったのだろう、母に好かれているかどうかをチェックするだけでは飽きたらずに。

なぜ自分は医学部を卒業してから産婦人科の医局に入ったのか。母親への嫌がらせ的な意味があったことは述べた。他に理由はあるのか。

自分をいちばん自分らしからぬ仕事に就かせてみたかっただけとしか思えない。案の定、産婦人科の仕事はまったく面白くなかった。臨床家としても研究者としても、好奇心が刺激される機会はほとんどなかった。それでも最初のうちは一ヶ月の三分の二を、やがて一ヶ月の半分を当直に費やす生活を六年送った。その馬鹿げた多忙さが逆に生きている手応えをもたらしてくれた。わたしは自滅したいわけでもなければ死にたいわけでもない。ただし自分の運命に、あえて表現するなら「カミソリでちょっと傷を入れて」みたくなっただけである。

なぜ自分は医療者としても物書きとしても二流以下のまま二足の草鞋《わらじ》を履き続けるのか。どちらも極めきれないことが分かっているので、蝙蝠のようなスタンスで誤魔化しているだけである。常にどっちつかずの人間でいることによって、反感を買ったり信用されなかったり揶揄される。そんな状態に自分を置くことで、あえて不遇な自分を演出している気がしてならない。そこには屈折した喜びが虚しさとペアを組んで立ち上がってくる。

心に苦しみを抱え込んだ人間が、いわば自分自身に対する陽動作戦として自傷行為に及ぶ場合がある。その圧倒的リアルさ（血を流すとか）ゆえに「本当の苦しみ」への関心は逸れて自傷をテーマとした一時的かつ派手なドラマが生じ、それによって淀んでいた現実が活性化される。そのような毒々しい効果こそが、本来的に当人が自傷行為へ期待するものであるだろう（だからそれは癖になりやすい）。だがわたしはそちらにはあまり興味がない。自己嫌悪の権化として、マゾヒスティックな儀式に淫しているだけとしか言いようがない。

これもまた癖になりやすいのが困ったところである。

さて本書で延々と語ってきた内容の多くは、ひょっとしたら「自己嫌悪の物語」となるのかもしれない。世の中から無視されるとか、母親から愛される資格がないとか、世界が理解できないとか、運命に意地悪をされるとか、救いがもたらされないとか、自傷行為的な振る舞いを重ねてしまうとか、そういったぐだぐだした恨み言は結局のところそんな立場に（わざわざ）追い込まれてしまう自分自身への舌打ち——そこへと収斂していくのである。そんな自分が現状から一線を越えていくためのツールとして、占いに頼ってみたりもしたわけである。

では、肝心の自己嫌悪とは果たしてどのような事象なのだろう。この言葉に付与されているニュアンスについて少しばかり考えてみたい。

さきほど調べてみたところ、自己嫌悪について正面から論じた書物がまことに少ないのには驚かされたのだが、とりあえずわたし自身の内面に照らして、以下の三つを要素として挙げてみる。

（a）自己嫌悪の主成分は、未練である。

（b）自己嫌悪とは、現実と自分との折り合いをつけるための（いささか奇妙な）セレモニーである。

（c）自己嫌悪には屈折した娯楽といった側面があり、しばしば依存性を伴う。

まず（a）の「未練」である。

いまさらどうにもならない過去に対して「オレはあんなことをしてしまった」「もはや取り返しがつかない」「愚かで駄目な自分」といった具合に延々と執着し、やがて反省とか改善ではなしに愚かさを反芻《はんすう》することそのものが目的と化してしまう。ウエットで自己愛めいた要素が大きい。演歌めいている。

次に（b）である。自己嫌悪という代償によって、自分なりの立つ瀬を見出すことが可能になる。わざわざ自己嫌悪なんかしなくても良さそうなものだが、そのようなセレモニー（自傷行為的、と言い換えてもよかろう）を経て、やっと禊《みそ》ぎだか償いをした気になれるし、自分に少しばかり奥行きが生じた気分になれる。生きることは無意味でないと自分に言い聞かせられる。

そして（c）である。好きになるにせよ嫌いになるにせよ、ひたすら自分だけを相手にしているのは結局のところ気持ちがよろしい。しかも結論とか終わりがないから、手元に何もなくてもたっぷりと堪能できる。退屈しのぎの方法としては、もしかすると「世界」を分節して整理することに負けず劣らず優れた営みではないのか。

いったいわたしの母親は、自己嫌悪を抱いて生きていたのだろうかと考えてみる。わたしを生んでしまったという点で該当する可能性はありそうだ。でも他にはどんな自己嫌悪を持っていたのかはさっぱり見当がつかない。並大抵のボリュームの自己嫌悪ではなかった気がするが、もはや知りたいとも思わない。

父親は間違いなく自己嫌悪に取り憑かれていた。戦争中に青臭い政治活動で目を付けられてしまい、結果的に、画家であった兄が懲罰的に南方の島に送られて戦死した。そのことに負い目と後悔を覚え、軍医であったのに潜水艦の乗り組みを希望したが海の藻屑《もくず》となる寸前に終戦を迎えてしまった。シリアスな気持ちは次第に形骸化し、いつしか漠然とした自己嫌悪にどっぷりと浸っていったように見える。

まだ生きているあいだに、父は早々と富士霊園に墓を購入していた。「しがらみ」から逃れたい気持ちもあったのだろう、先祖代々の墓には入ろうとしなかった。父が死んで、納骨のために初めてその墓を見たときには驚くと同時に苦笑が浮かんだものである。ここの霊園は墓石がすべて横長のモダンな形に統一されている。そこに〈●●家之墓〉〈▲▲家〉といった具合に多くは毛筆体で文字が彫り込まれ、ときには家紋や詩までが刻まれている。ある種の絆《きずな》とか思い出といった要素が漲《みなぎ》っている。

ところが生前に父が彫らせていたのは、あまりにも素っ気ない姿の墓石であった。無個性な活字体（イワタ特太明朝体オールド）で〈春日〉と、たった二文字のみ。不機嫌そうに、ぼそりと自分の名前を確認しているかのようだ。「これで十分だろ、何か文句でもあんのかよ」と言いたげなのだ。いかにもふて腐れた雰囲気で異彩を放ち、自己嫌悪をそのままオブジェにしたかのような墓石だったのである。

わたしは「ああ、なるほど」と合点した。死んでも自己嫌悪かよ、と思わずにはいられなかった。そう、死という一線を越えてもなお自己嫌悪なのである。でもこの墓石がわたしは好きである。いずれわたしも死ぬわけだが、おそらく妻の計らいによってこの渋面じみた墓石の下に埋められることになるだろう。だが妻自身は？　彼女の意向も尋ねてみなければならない。その際に彼女がどんなことを言うのか。こちらの勝手な思惑とまったく違う拒否的な言葉を聞かされる可能性だってある。そんなことを想像すると、たまらなく面倒な気分になってくる。この墓へ入れと無理強いをするのは嫌いだが、否定的な言葉を聞かされるのもうんざりする。

今や両親はふて腐れた墓石の下で眠り、息子は占い師のところへ飽きもせずに出掛けている。これは喜劇なのだろうか。自己嫌悪の連鎖が続いている。

自己嫌悪で「うじうじ」しているくせに、一転して、無性に八つ当たりをしたくなるときがある。いったいどうなれば気が済むのか自分でも分からないながら、とにかく「ざまあみろ！」といった気分を味わいたくてたまらなくなる。もはや因果関係など判然としなくなっているのに、さながら江戸の敵《かたき》を長崎で討つようなことをしたくなる。

十五年くらい前に、母をサーカスに連れて行ったことがあった。彼女は、ときたま妙なことを望む。気まぐれに過ぎないけれども、いきなりおかしな物を欲しがったり、変なところに行きたがったりする。オーロラを見たいとか、誰それのコンサートに行きたいとか多少なりとも無理難題を言ってくれれば当方は張り切って準備を整えるし、そうしたことを通して母に認められたという錯覚に浸れる。でも母が実際にわたしへ頼ってくることは稀で、それもせいぜいサーカスなのである。わたしの顔が立つようなことは意地でも避けているのではないだろうか。リングリング・サーカスのチケットでは難易度が低過ぎるではないか。

とにかく最前列の席を確保し、当日はわたしと妻と母とで出掛けた。

正直なところサーカスはあまり好きでない。胸がときめかない。ことにピエロが駄目である。気味が悪いだけで、ちっとも面白く感じられない。当日もこちらの目の前でいろいろとユーモラスなことを演じてみせる。一応はウケたふりをするものの、さっぱり楽しくない。腕でも摑まれてステージに引っ張り出されたら嫌だなとか、そんなことばかり思っていた。ライブで曲芸や動物の芸が披露され、さすがにそれはそれで見事なものだがいまひとつ心に届かない。童心を失ったとか、そういった話ではなく、こちらの精神に何か欠落したものがあるからなのだろう、たぶん。

このサーカス団のハイライトは、二十頭近くの象たちが集団で芸を行うことにあった。さぞや調教には苦労したことだろう。チアガールの動物版みたいな演し物《だ》を次々に演じていく。やがて円形の広いステージの縁に沿って、象たちはずらりと一列に並んだ。合図とともに、象は一斉に地面に横たわる。こちらへ腹を見せる形で横になる。これだけでもなかなか壮観である。次の合図で、象たちは地面に接していないほうの後ろ足を空中へ向けてぴんと伸ばしてみせた。美容体操でもしているみたいなちょっとユーモラスなポーズを決めてみせたわけで、これは予想以上に難しい動作だろうと見当がついた。当然、拍手喝采となった。

わたしも手を叩きながらふと視線を、目の前の象の後ろ足の付け根に向けた。そこには性器があった。象は雌で、つまり横たわったまま片足を上げているので女陰が丸見えなのである。灰色の厚い皮膚に細波のような皺が寄り、老婆の口唇さながらにはっきりと女陰が曝されている。一瞬、ぎょっとした。おそらく誰もが「象の女陰」に気づき、でも良識に従って見て見ぬふりをしている。もちろん母もそれには気づいているはずだ。

一瞬、わたしは母の耳元で「ねえ、ごらんよ。象のおまんこが丸見えだよ」と囁いてやりたくなった。そのとき母は、電撃にでも打たれたように背筋を伸ばして強ばった表情を浮かべるのではないか。

もちろんそんなことを実行したりはしなかった。でも具体的に想像しただけで笑みを浮かべたくなり、ものすごく「せいせい」したのである。その罰当たりな台詞は、つまりわたしが母の影響から少しでも抜け出しつつあるという宣言のようなものだからだろう。母という名の大気圏から一線を越えたという証左だからだろう。理屈ではなるほどそうなるだろうが、むしろ母に意趣返しを果たしたかのような満足感を覚えたのだった。何の意趣返しなのかと自分でもはっきりとしないにもかかわらず、確かに「ざまあみろ!」とわたしは心の奥で叫んでいた。

サーカスでのエピソードはただそれだけなのだが、意味のはっきりしない「ざまあみろ!」にはときおり人生で出会う。生きていくうえでのスタッカートのようなもので、すなわち日々の暮らしにおける一種の気合いということなのであろう。

そして、わたしは運命の神にも意趣返しをしてやりたかったのである。

わたしにとって、世の中には理不尽なことが多過ぎる。理解不能なことが多過ぎる。世の中は悪意に満ちているのか、ランダムでしかないのか、もしかすると偶然を司る法則があるのではないのか、偶然を装った（神の）悪意がやはり遍在しているのではないか、わたしに対する世間の悪意は単なる誤解に基づいているだけなのではないのか。そんなことにいつも悩ませられている。自分が与《あずか》り知らぬ「暗黙の了解」やルールが世間にはあるのではないのか、身につけ損ねた「当たり前の能力」が欠落しているのではないのか、そんな疑念にも悩まされ続けている。テレビがちゃんと存在しているのにそのことに気が付かず、自力でテレビを発明しようと奮闘しているかのような徒労感を覚えることすらある。

そうした理不尽さの総元締めである存在として、運命の神にはしっかりと責任を取ってもらいたい。

でも、どうやって？

九割はパラノイアめいた冗談として聞いていただきたいのだが、ひょっとしたら、占ってもらうことによって不確定性原理――ある現象を観察すると、その観察行為自体が現象に影響を及ぼしてしまい、完全に客観的な観察などあり得ない――と同じ事態が、占いの場にも生じるような気がしているのである。もしかすると占いという営みそのものが運命に揺さぶりをかけ、運命に変化を生じさせる可能性があるのではないのか、と。

わたしにとって、占いは必ず当たる（！）のである。もしも占い師の語る未来が間違っていたとしたらそれは占うという行為が運命に作用して変化をもたらした結果であり、だから本当は当たっていたのである。託宣が「当たって」いたとしたら、それは占いという振る舞いが運命に及ぼす影響力が微弱に過ぎなかっただけであろう。と、そのように解釈するから、いずれにしても占いは当たっているのである。

しかも占い師に頼りたくなるときは常に運勢が低迷しているときである。占う・占ってもらうこと自体が運勢に作用し、「厄払い」の効果をもたらすに違いない。占ってもらう行動にはちゃんと積極的な効能があるのだ。

もっとも、占ってもらうことで現実が余計にまずい方向へ干渉されてしまう可能性もあろうが、おそらく長年にわたって積み重ねられてきた叡智が占いのシステムには組み込まれていて、「弱り目に祟り目」は未然に防がれるようになっているのではないか。そんな馬鹿げたことを勝手に考えている。正しいか正しくないかは分からないけれども、糞ったれな運命に一方的に翻弄されているよりはまだマシではあるまいか。

こうして書き綴っていても、占いには不確定性原理が適用されるとか、もはやチープなジョークなのか妄想なのか判然としない。それはしっかりと自覚している。でもね、そんなふうに理性から「一線を越えた」発想でもしなければ運命の意地の悪さには拮抗できないじゃないかとわたしは思ってしまうのである。

運命に逆らおうとしたり天を恨んだり、それがそもそも間違いなのも承知している。そこで現状を素直に受け入れるか、それとも妄想混じりの悪あがきをするかは、当人にとっての趣味の問題だろう。現状を受け入れるほうが潔いかのように映るが、悪あがきのほうがいっそ本音に忠実でないかと思ったりもしているのだ。


ここに及んで、本書のタイトルにある「占いにすがる」についていま一度述べておきたい。

占いに「すがる」と表現するからには、そこには占いが「当たる」といった前提が存在している理屈になるだろう。当たらない占いなんて、寝言や出鱈目と同じなのだから。

というわけで、まず、「当たる」という言葉の曖昧さについて押さえておこう。

今年の九月二十五日に富士山が噴火する、といった類の予言については的中を期待してもいないし、そこまでの精度で当たるはずもなかろうと思っている。少なくとも、人生の浮き沈みを占うのとは文脈が異なるのではないか。

天変地異を予言するのと人の運命についてコメントするのが同一のシステムで賄え

るとしたら、我々の意志も努力も祈りもすべて運命の名の下に「織り込み済み」といった話になってしまうだろう。言い換えるならば、自然もヒトも所詮は運命というプログラムを忠実になぞり、実行してみせる傀儡《かいらい》に過ぎないということになる。そうした発想を好むニヒリストもいるだろうが、わたしは嫌だ。安易でつまらない。エレガントさとは程遠い思考法だ。

まあ人もまた自然の一部ではあろうし、火山を擬人化してみるのも可能かもしれないけれど、たとえば富士山が噴火して山の形が崩れてしまう事実を「自傷行為」と見做すのは馬鹿げているだろう。大自然の変動と人間の営みとに区別をつけない論法は、(あたかも)森羅万象すべてを説明していると同時に何ひとつ説明していないのではないか。

わたしにとって「占いが当たる」とは、現在自分が置かれている苦境を占い師がそれぞれの方法論に則って俯瞰し、解説をしてみせられるかどうかを意味する。占いは因果律に馴染まず、むしろシンクロニシティーや共振といったものに親和性があるという考え方には賛同する。というよりも、因果律では出ない答えを、占いには求めるわけなのだから。したがって、クライアントの運命パターンに相似した何かの形(星座であったり、動物であったり、陰陽五行であったり、タロットであったり)を提示してそれと現状とをいかにスムーズに相関させせるか、そこへ個別的な物語をいかに当て嵌めてみせるかが占い師の仕事となる。

すなわち、わたしにとって「当たる」とは「納得できる」と同義語なのである。歴史を生き残ってきた「運命のパターンに相似した何かの形」は、現在まで生き残るに足るだけの説得力を備えていたのであると思う。だからそれを適切に用いれば、ピンポイントで的中することはなくても傾向や動向を仄《ほの》めかす意味において当たって当然なのではあるまいか。相似や類似を通して世界を認識するのは、普遍的な快感であり、しかも示唆に富む体験なのだ。

では占い師の前で占ってもらう営みとは、「運命のパターンに相似した何かの形」を用いて俯瞰と解説をしてもらうだけなのだろうか。いや、その前に我々は自らの悩みや迷いについて語らなければならない。そのときに、占いとカウンセリングとは共通した構造を持つ。クライアントは自分の内面に隠されていた事実や、薄々と気づきつつも認識したくなかった事実と対峙する場合も出てくるだろう（そしてわたしのように嗚咽することも）。占いの場では、クライアントの言葉を受容してくれるのはカウンセラーではなくましてや占い師でもなく、大いなる運命のパターンそのものである。その一種壮大な構図が、我々に素直さや気を取り直す力をもたらしてくれる。

霊感だとかオーラといったものについては、結局のところ無意識のうちに観察と分類が行われているだけではないだろうか。ときにそれが驚くばかりの精密さで実現されるのは、コンピュータ仕掛けの機械で磨いたレンズよりも町工場の職人が磨いたレンズのほうが遥かに理想的な曲面を作り出せるようなものなのかもしれない。

そして占いにおいては、占いそのものだけではなく、メタ・レベルの要素が関与しやすことも重要であろう。

わたしにとっては、占い師のところへ赴くのはそれまでの日常から「一線を越える」振る舞いであった（そうした意味では、人生の節目に臨んでいたのだ）、あえて言うなら自傷行為に近い要素までも孕《はら》んでいたのだった。母によって救いをもたらされるという図式（それはわたしの存在を認めてくれるということだ）に憧れていたわたしにとって、ひょっとしたら占ってもらう行為自体がその図式の切実な模倣であったのかもしれない。

となれば、当方は占い依存症へと陥る可能性は高そうだ。まあ自分でもつくづくそう実感する。否定する要素は一切ない。なぜなら本書の校正が終わった時点で、おそらくわたしは占い師のところへ、ちょっと恥ずかしそうな表情を浮かべながら、この本を世間が好意的に受け止めてくれそうか否かを尋ねに行くに違いないから。

あとがき

　書き忘れたことがある。両親が灰になった後、相続したマンションに住むべく徹底的にリノベーションを施した。工事に先立ち、129頁で述べたように、彼らの残した家具や什器や服や本や日用品や記念品その他諸々を処分すべくチェックしていた。するとその際に、赤いボディーの補聴器が出てきたのだった。本格的なものではなく、片耳だけイヤホンで聴くタイプの簡易型補聴器である。

　晩年の母は聴力が低下していたので、間に合わせに、ヘルパーに頼んで購入したのだろう。補聴器なんて年寄り臭くて嫌だなどと九十にして言い放ちかねない人ゆえ、しぶしぶ使ったに違いない。もちろんそれを使っている母の姿をわたしは見たことがない。

　埃を被った補聴器を手にしげしげと眺めながら、ふと、今でも使えるだろうかと思った。耳にイヤホンをねじ込み、息をひそめてそっとスイッチを入れてみる。

とたんに、サーッとホワイトノイズが耳を覆い尽くす。さながら、窓の外で雨が降り出したみたいだ。コードの擦れる音が「がさごそ」と、やたらと大きな音で迫ってくる。指をぱちんと弾いてみると、エコーが掛かったように響き渡る。自分の咳払いや独り言が、高感度の盗聴器からのようにくっきりと聞き取れる。自分が解離したみたいな感触だ。生々し過ぎて気味が悪い。補聴器によって、衰えた聴覚はこんなふうに補われるのか。視覚に喩えるなら、見慣れたものを遠くからわざわざ望遠鏡で眺めたときのような非日常的な鮮明さが聴覚に立ち現れているのである。

母の耳の穴に入っていたイヤホンを自分が今使っていること自体に生理的な違和感があるけれど、それよりも聴覚にもたらされる奇妙な臨場感と持続する驟雨さながらのノイズが、心を変な具合に歪ませてくる。晩年のエジソンは、死者と交信するため、霊界ラジオなるものの発明に夢中になったという。その霊界ラジオからは、この補聴器が拾い上げる音声のごとき生々しい何かがあふれ出していたのではないのか。そんな想像をしたくなった。いや実際のところ、いきなり母の声がイヤホンから聞こえ出してもちっとも不思議でないような感覚に、そのときのわたしは捉えられたのだった。

母の声を期待したわけではない。逆に、それをホラーとして恐れたわけでもない。どうでもよかった。いや、励ましの言葉なら聞こえてきて良いのではないか。それくらいのサービスを母はしてくれても構うまい。などと考えていたら、自分のことが情けなくなった。まったくいい歳をして何をしているのやら。

小声で悪態を吐きながら、わたしは補聴器をゴミの山に放り込んだ。気色が悪いったらありゃしない。そのまま産廃業者が無情に持ち去ったと思っていたが、なぜか妻がいつの間にか救い出して保管していた。リノベーションの終わったキッチンの隅に、さりげなく置いてあったのだ。

わたしか妻が今後それを使う可能性なんかないのに、彼女なりの感傷的発想が補聴器をゴミの山から救い出したのだろう。その行為についてコメントだろうと疑問だろうと、とにかくそれを妻に発しただけでいろいろと面倒なことになりそうな気がする。ましてや捨てろなんて言えない。それがために、今に至るも補聴器は我が家のキッチンで（押し黙ったまま）そっと存在を主張し続けている。

道成寺の鐘みたいに、上から大きなマグカップを伏せて補聴器を視界から隠してしまおうかと画策している。

まぎれもなく両親が住んでいたマンションであるにもかかわらず、内装どころか間取りまで変更してまったく別な住まいへと変貌させ、上書きモードでそこに住むという営みには、何か彼らへの意趣返しに近い心情が絡んでいるようだ。

工事を担当したデザイナーと工務店は、西荻窪のブックカフェ「松庵文庫」を手掛けた人たちである。そのことは工事の途中で知った。

わたしの希望項目のひとつに、薄暗い家というのがあった。多くの人は光に満ちた明るい家を好むようである。精神的な明るさと、照明としての明るさを混同しているのではないかと訝りたくなる。あの白痴的な明るさには我慢がならない。暗さにも貧乏臭い暗さと、豊かな暗さがあるだろう。欧米の古く重厚な建物の内部は、芳醇な暗さを感じることが多い。ああいった暗さ、明かりにしても間接照明を中心としたものでなければ幽霊の出る余地すらなくなってしまうではないか。

完成した住まいは、夕方の時刻がいちばん素敵である。屋内の暗さと、暮れつつある外の暗さとが一致する瞬間を味わえるのが嬉しい。我が家はいつでも逢魔が時なのだ。

西所沢の米軍ハウスの記憶に準じて、トイレ内をエメラルドグリーンに塗ってみようかと迷ったのであった。でもそれではトイレだけが唐突になってしまう。うっすらと緑がかったグレーに塗って、配管に針金でメタルの小さな額縁を吊るし、大正時代の人工着色された華厳の滝の絵葉書を飾った。

天井はリビングも書斎も寝室もコンクリートが剝き出しでパイプが縦横に走っている。天井を見上げると、あたかも廃工場に住んでいる気分になって嬉しい。いわゆるインダストリアル趣味のインテリアというわけで、工員であるわたしはこうして手作業で原稿を「製造」しているわけである。

そういえば先日、意外な発見をした。ヤフーオークションで映画のスチール写真

（昭和三十年十二月二十八日に封切られた美空ひばり主演の『歌え！　青春はりきり娘』）へ入札した。ことさら美空ひばりのファンではないのだが、この映画で彼女はバス車掌の役を演じている。改札の鋏を片手にバスの中で陽気に踊っている写真が、どうしても欲しくなったのだ。ゲットしたら写真立てに入れてリビングの金属製チェストの上に飾るつもりでいた。

同じ映画からの写真が何枚かオークションに出品されていた。入札者の人数や動向から、おそらくわたしが落札できるだろうと踏んだ。そして油断した。翌朝チェックしたら、ぎりぎりの時間に誰かが駆け込みでわたしよりも高い値段を付けていた。オークションに負けた、出し抜かれたのであった。

特別なエピソードがあるとか強い思い入れのある写真でもないのに、負けたことに腹が立った。いや、たんに悔しいと立腹するのなら当然なのかもしれない。だがわたしの腹の立ち方は、微妙にニュアンスが異なっていた。

競り負けたことに怒りが生じたのではなく、なぜか恥をかかされた気分が生じていて、そのためにわたしは憤っていた。その事実に気づき、的外れな感情の働き具合に自分で困惑してしまったのである。オークションに参加していることは誰も知らないし、わたしを出し抜いたのが誰なのかも分からない。二千円に満たないレベルでの争いに負けただけの話である。わたしのプライドなんか関与する余地などない筈なのだ。

にもかかわらず、恥をかかされたように感じた。すると黒々とした怒りが湧き上がってくる。復讐でもしてやりたくなる。たかが美空ひばりの写真一枚なのに。

その時点で気づいたのだ。わたしは往々にして「恥」というピンポイントにおいて感情が刺激され、だがそれを自覚することなく気持ちを持て余してきたようなのである。ああそうだったのか。どうもおかしいと思っていた。母に見捨てられるという不安においても、見捨てられるから寂しいとか困るといった話よりも、見捨てられる自分が恥ずかしいと強く感じていたようなのである。でも、誰に対して恥ずかしいのか？　強いて言うなら神とかそういった存在に対して恥ずかしいといった理屈になるではないか。でもわたしは神様に対して恥ずかしいなんて発想は持ち合わせていない。では自分自身に対して恥ずかしいのかもしれないと思ってみたものの、これまた辻褄が合わない。

これは深い意味があるというよりも、むしろ配線の問題でしかないのかもしれない。通常、さまざまな精神への刺激に対してそれに相応しい感情が生起するように心の中には配線がなされている筈だが、わたしの場合には然るべき感情へとつながれるべきコード（電線）が「恥をかかされた気分」へと間違ってつながれている。かなり多くのコードが、羞恥心へと誤って接続されている。だからどうでもいい場面で羞恥心が刺激される。自分だったら恥を忍んで屈託しまくったであろう事案に対して、どうして他人は涼しい顔をしていられるのだろうと不可解に思った理由は、そこにあったのだ。

さまざまな感情は、それぞれが明確に区別し得るものではない。だから多少とんちんかんな感情が生じても、よほどでない限り「おかしい」とはならない。自分の周囲の人たちや、患者にも配線が間違っている人物は少なくない。それも度合いによりけりだし、配線のもつれ具合は千差万別だろう。しかしわたしは羞恥心の周辺にコードが集中し過ぎている。そのように解釈してみると、かなり納得のいく事象がいろいろとあったことが分かる。

けれども今さらコードを適切につなぎ変えることなど無理だ。恥をかかされた気分になっても、「気にする必要なんかない、コードの接続が間違っているだけだから」と自分に言い聞かせるしかない。自分をなだめすかせる新手を思いついたようなもので、何歳になろうとこういった工夫をしなければ日々を生きていくのは難しい。厄介なことである。

オークションの件を蒸し返すと、後日、ひばりがバスの前で両手を広げてポーズを決めている写真を落札した。一種のリベンジだが、誰に対する、あるいは何に対するリベンジなのか自分で判然としない。これで溜飲が下がったわけではないが、しばらくしたら写真立てに入れてみるつもりである。

本書を書き上げるためには、精神的にかなり高いハードルを乗り越える必要があった。いや、そもそも鬱屈しまくっていたわたしは何かを書こうという気力すら失いかけていた。それを励まし支えてくれたのは、編集の穂原俊二氏である。低迷しているときに声を掛けてくれてこそ、信頼に値する人物である。近頃はイギー・ポップに風貌が似てきた彼がわたしの人生に乱入してくることは、医学生の頃に占いをしてもらったら予言されただろうかなどと勝手に想像をしてみたくなる。

素晴らしい装幀をして下さった菊地信義氏にも感謝しなければならないし、こうして最後まで付き合ってくれた読者諸氏にももちろん深謝したい。欧米人であれば、扉の頁の裏側に〈亡き母へ捧ぐ〉なんて記すのだろうが、当方にはそのような趣味はない。まあちょっと気取ってエピグラムなら悪くないかもしれない。というわけで、最後の最後にエピグラムの「候補」をひとつ挙げておこう。

一つ一つのことが明るみに出るたびにそれは、光でなく、影を投げかけた。
（マーガレット・ミラー『これよりさき怪物領域』山本俊子訳、早川書房、一九七六年）

平成二十七年十月十日　　春日武彦

文庫版あとがき

文庫用に組み直したゲラをチェックしながらハードカバー版の〈あとがき〉にたどり着いて、母が残した赤いボディーの簡易型補聴器の挿話に差し掛かったとき、少しばかり困惑したのであった。個人的にはかなり印象的なエピソードであったにもかかわらず、すっかり忘れていたことに気づいたからである。

〈あとがき〉では、当方がゴミとして捨てるつもりだった補聴器を、妻がなぜか拾い出してキッチンの片隅にさりげなく置いてあったというところで終わっていた。その後どうなったのか？　いつしか消え去っていた。蒸発でもするかのように補聴器は消え失せていたのである。と同時に、記憶も途絶えていた。結局捨ててしまったのか、それとも物置にでも仕舞ったのか。そのあたりが判然としないし、あえて妻に尋ねてみるのも何だか気が重い。余計なことはしないほうが賢明な気がする。

七年前に書いた〈あとがき〉を読んで「ああ、そんなことがあったなあ」と一連の経過を思い出したわけであるから、決して記憶が完全消滅していたのではない。でも意識レベルよりも下層に沈んでしまっていたのは不思議だ。忘れたい記憶であったのならともかく、なかなか示唆的な出来事であったし耳にイヤホンを押し込んでみた体験はそれなりに生々しくもある。

もしかすると「赤いボディーの簡易型補聴器」の話は、たとえば将来において、わたしが後期高齢者になってから補聴器を使用する機会が訪れて、そのときに〈プルースト効果のように〉忽然と思い出すべき「取って置きの」案件であったのかもしれない。あるいはエジソンが発明しようとしていた霊界ラジオを彷彿《ほうふつ》とさせる何かが起こる伏線であったのかもしれない。そんな想像をしてみると、さきほど〈あとがき〉を読み返してしまったのが少し惜しい気もしてくる。

ところで精神医学は過去に目を向けたがる学問である。患者のヒストリーを遡り、そこからさまざまな知見やらヒントを得ようとする。いっぽう占いは、未来に目を向けたがる。どうなるのか、どうすればいいのかを教えてもらいたくて人は占い師のところを訪ねる。ではわたしは何を求めて占い師を訪ね歩いたのだろうか。この世界の仕組み、運命や幸不幸の仕掛けを知りたかったことがひとつ。もうひとつは愚痴をこぼす相手を求めてのことだった。いやそれだけではなく、占い師に「すがる」という世間的には非科学的かつ酔狂な行為を自虐のノリで実行してみたかったからであったが、その点についてはは脇に置く。

世界の仕組みや、運命とか幸不幸の仕掛けが判明したならば、過去にも未来にも理解が及ぶだろう。不条理感や不全感も大幅に減り、人生観が穏やかなものになるだろう。母親に対しても、もっと鷹揚で素直な気持ちになれるだろう。耳の遠かった人が、補聴器によってたちまちこの世の中に親しみや瑞々しさを取り戻すかのような体験を得られるのではないのか。

もちろんそんな期待が叶えられるとは思っていない。いや、仮に占い師が本当にすべてを解き明かしてくれそうになったら、おそらくわたしは耳を塞いで帰ってしまいそうな気がする。やっと過去と和解し未来を受け入れられそうになろうというのに、それを拒否しそうな予感がする。なぜなら煩悶し鬱屈する暗い楽しみがなくなってしまうからだ。本書に書き綴った記憶の数々は、まさに煩悶や鬱屈、不安やよるべなさが背景にあり、それだからこそ鮮やかでクリアな輪郭を保ち光を放っていた。そのようなものを手放したくないのだ。安寧だけれどもフラットな人生はご免こうむりたい。苦しみつつも、どこか頭の片隅でこのようなあり方はオレの趣味であると自覚している気配がある。まさに世の中を、人生をナメている次第で、わたしの本を毛嫌いする人が少なくないのも無理からぬことだ。

本文の最後で、「おそらくわたしは占い師のところへ、ちょっと恥ずかしそうな表情を浮かべながら、この本を世間が好意的に受け止めてくれそうか否かを尋ねに行くに違いない」と書いたものの、その後、むしろ毛嫌いされる可能性が高いことに思い至り、結局は尋ねに行かなかったのであった。それどころか占いそのものからも遠ざかってしまった。あれだけ切実だった筈なのに、「飽きた」のである。まさに不真面目としか言いようがない。

文庫化に際しては、河出書房新社編集部の藤﨑寛之氏に尽力いただいた。カバーは、既に何度もお世話になっている木庭貴信氏（オクターヴ）にお願いした。解説に内田樹氏の原稿をいただけたのは幸いであった。読者諸氏も含め深謝したい。

令和四年五月二十九日

春日武彦

解説（らしきもの）

内田　樹

春日先生がこんなに深い屈託を抱えている方だとは知らなかった。いつもにこにこ笑っている「上機嫌な人」とばかり思っていた。十数年前に最初に対談をしてからこれまで春日先生とお会いした全場面を思い出しても、笑顔しか記憶にない。人というのはわからないものである。

でも、春日先生は、それだけの屈託を抱えていながら、精神科医としてのプロの仕事を果たし、いくつもの著作を世に問い、僕の友人の平川克美君に言わせると「傑出した現代詩人」でもある。常人ではない。

でも、こんなにすごい人でも「不安感や不全感や迷い——そういった黒々として不透明なもの」が心の中に広がってくると「耐え難い気分になる」というのである。どうして、そんなことになるのか、正直、僕にはよくわからない。

「いや、春日先生の気持ちはよくわかる」という読者も多いと思う。この本を読んで「自分とすごく似ている」と感じて、それによって心の救いを得た読者は少なくないと思う。そういう人たちには以下の僕の「解説」は不要である。自分の好きな作家については、訳知り顔の「解説」なんかあっても僕は読まない。

以下の解説（らしきもの）を僕は春日先生に読んで欲しくて書いている。

どうして春日先生は「耐え難い気分」にとりつかれ、僕はとりつかれないのか。その理由がよくわからない。それをできれば少しでも言葉にしたい。解説を奇貨として、「なぜ僕は耐え難い気分にならないのか」について書いて、春日先生に僕の「症状」について診断を下して欲しいと思う。


もちろん、僕も生身の人間だから体調不良が続いたり、人から罵倒されたりすると、暗い気持ちにはなることもある。でも、あまり長くは続かない。精神科で診療してもらうまで「暗い気分」をこじらせたことはこれまで二回しかない。占い師のところに行って「何か悪霊が憑《つ》いてませんか？」とすがりついたことは一回ある。でも、どちらもそれほど深刻なことにはならなかった。精神科医は「仕事を休みなさい」と言って睡眠薬と抗うつ剤を処方してくれた。占い師は「あなたには強力な背後霊が憑いているから、心配ない」と保証してくれた。それで治った。

どうして春日先生は「耐え難い気分」にとりつかれて、治らないのか。

僕の仮説は、それは人間の「深さ」と相関するのではないかということである。僕が「耐え難い気分」から免れているのはおそらく僕の「人間としての底の浅さ」の効果である。それについて少し自己分析してみたいと思う。

僕は底の浅い人間である。少なからぬ人が僕の人間や作品を評して「わかりやすいが、底が浅い」と切って捨てていると思うけれど、これについて僕は反論しない。それは本人が一番よく知っている。

ずいぶん昔になるけれど、大学時代にクラスメートからしみじみとため息まじりに「内田って、ほんとうに嫌な奴だな」と言われたことがある。そう言ったのは温厚で、めったなことでは人の悪口を言わない友人だった。彼は一〇〇パーセント正直に心に思ったことを口にしたのである。僕がショックを受けたのは、その時の彼の評言に「憐《あわ》れみ」のニュアンスが含まれていたことである。

僕は自分が「嫌な奴」であることは知っていた。十代の終わりくらいから、あえてそのようにふるまっていたのだから当然である。大学のクラスには「反内田グループ」というものが組織されていて、定期的に集まって僕の悪口で盛り上がっていたくらいである。

でも、「内田ってほんとうに嫌な奴だな」とつぶやいた彼の表情には、表から見ても「嫌な奴」、裏から見ても「嫌な奴」、余白というか、余情というか、深みも味わいもまったくない「つるつるの嫌な奴」を前にしたときの憐れみの情が表れていた。

それに胸を衝かれた。これは何とかしなければならないかも知れないと思った。そして、それから少ししてから自己陶冶《とうや》のために武道の道場に通うようになった。さいわいとても立派な師匠に出会えたので、熱心に稽古に励んだ。そのまま半世紀にわたって稽古を続けて、気がついたら武道の専門家になって、道場で弟子を教えるようになっていた。

この「反省して、ただちに自己陶冶を始める」というあたりがどうやら人間としての「浅さ」の表れのように思う。友人に憐れみの眼で見られたら、ふつうはやけ酒を飲んで暴れるとか、あてのない旅に出るとか、そういう自己破壊的な迂回をしたりするはずだが、僕はそういうことがなかった。「嫌な奴だ」と言われたので、反省して、「真人間」になろうとした。迷いというか、葛藤というか、そういう「ため」がない。

それから十年ほど経った頃に合気道の道友から、ある日かなり怒りを含んだ声で「内田さんて、自分の卑しいところとか、醜いところとかを、どうして隠すんですか」と詰問されたことがある。「さらけ出せばいいじゃないですか。誰だってさらけ出しているんだから」と詰め寄られた。「偽善者」とまで言われた。

僕だって、別にことさらにいい人ぶっていたわけではない。ただ、「嫌な奴」からの脱出の修行中だったので、暴力性とか攻撃性とか嫉妬とか憎悪とか、そういうネガティブな感情をできるだけ解発しないように心がけていた。古い言葉で言えば「紳士たらん」としていたのである。それを「偽善者」と言われては立つ瀬がない。

でも、僕を責めた彼には「紳士たらん」として自己形成の努力をする人間というものがこの世に存在することが信じられないようだった。彼の眼には「人間ではないもの」を見ている生理的嫌悪に近いものがあった。人間というのはある種の「浅さ」や「薄さ」に対してつよい嫌悪感を抱くことがあるということをその時になってようやく理解した。

ずいぶんと人間の質は違うけれども、僕と春日先生は育ってきた条件がそれほど違うわけではない。いくつか共通点がある。一つは虚弱児だったということである。春日先生は喘息だけれど、僕は六歳のときにリウマチ性心臓疾患を患って、弁膜症になり、運動することができなくなった。中学生までは激しい運動を禁じられていた。だから、運動会にも出たことがないし、もちろん逆上がりもできない。そういう人間が自己陶冶のためとはいえ、いきなり武道の道場に入門したのである。頭がおかしい。ためらいとか、葛藤とかを抜きに、直角的に生き方を変えることができる性格は、春日先生だったら精神の病だと診断してくれると思う。本書には人格障害の分類がいくつか紹介してあるけれど、僕は「軽佻《けいちょう》者」という文字列につよく反応した。

もう一つ春日先生と僕には共通点がある。それは「鳥なき里の蝙蝠《こうもり》」ということである。僕には「これが私の専門です」という分野がない。文学を論じ、哲学を論じ、政治を論じ、教育を論じ、武道を論じ、能楽を論じてきたけれど、専門家になるための体系的な訓練を受けたことがあるのは文学研究と武道だけで、それ以外の領域では、その場で思いついたことをしゃべっているだけである。だから、どの分野でも、「その道一筋」の専門家からは嫌われる。でも、止められない。興味がわくと、それについて猛然と語りたくなる。道行く人の袖を引いて「話を聴いてください」と懇請するようになる。知的節度の問題ではなく、病気である。たぶん僕は春日先生と「同じ病」に罹患しているのだと思うけれども、二人ともそれで困っているわけではなさそうである。

僕は自分のことをかなり「病んでいる」と思う。「浅さ・薄さ」という自己防衛の「檻《おり》」のようなものを自分で手作りして、そこに安住している。健全な人間のすることではない。でも、この「檻」に閉じこもることは、たしかに僕にある種の疾病利得をもたらしていると思う。それは春日先生を苛《さいな》んでいるような慢性的な「耐え難い気分」を味わうことがないということである。

僕はある時期から自分を「浅くて薄い人間だ」と思いなし、そのようにふるまうことにした。今もし「内田さんにとって最も深刻な内的な問題は何ですか?」と問われたら「浅くて薄っぺらな人間であること」と答える。正直な答えだ。僕が浅い人間だということは誰もが知っているまぎれない事実である。そして、「浅い人間」に向かっては誰も「どうしてあなたはそんなに浅い人間になったのか？」と問うことができない。まさにそのような問いを免ぜられた人間のことを「浅い人間」と呼ぶからである。手の込んだ病み方である。

春日先生はご自分のことを「境界性パーソナリティー障害と健常者とが接するあたりに位置する人間」だと自己診断されていた。僕も何かの障害と健常者の「あわい」を遊弋《ゆうよく》している人間だと思う。

本を読んでいるうちにものすごく春日先生にお会いしたくなった。先生が僕をどういう狂気に分類してくれるのか、それが知りたい。このままでいいのか、何らかの治療を要するのか、それも教えて欲しいと思う。

（思想家・武道家）

本書は二〇一五年一二月、太田出版より刊行された。

鬱屈《うつくつ》精神科《せいしんか》医《い》、占《うらな》いにすがる

二〇二三年 八 月一〇日 初版印刷
二〇二三年 八 月二〇日 初版発行

著　者　春日武彦《かすがたけひこ》
発行者　小野寺優
発行所　株式会社河出書房新社
〒一五一－〇〇五一
東京都渋谷区千駄ヶ谷二－三二－二
電話〇三－三四〇四－八六一一（編集）
〇三－三四〇四－一二〇一（営業）
https://www.kawade.co.jp/

ロゴ・表紙デザイン　粟津潔
本文フォーマット　佐々木暁
本文組版　KAWADE DTP WORKS
印刷・製本　凸版印刷株式会社

Printed in Japan ISBN978-4-309-41913-8

奇想版　精神医学事典

春日武彦　41834-6

五十音順でもなければアルファベット順でもなく、筆者の「連想」の流れに乗って見出し語を紡いでゆく、前代未聞の精神医学事典。ただし、実用性には乏しい。博覧強記の精神科医による世紀の奇書。

世界一やさしい精神科の本

斎藤環／山登敬之　41287-0

ひきこもり、発達障害、トラウマ、拒食症、うつ……心のケアの第一歩に、悩み相談の手引きに、そしてなにより、自分自身を知るために——。一家に一冊、はじめての「使える精神医学」。

生きるための哲学

岡田尊司　41488-1

生きづらさを抱えるすべての人へ贈る、心の処方箋。学問としての哲学ではなく、現実の苦難を生き抜くための哲学を、著者自身の豊富な臨床経験を通して描き出した名著を文庫化。

夫婦という病

岡田尊司　41594-9

長年「家族」を見つめてきた精神科医が最前線の治療現場から贈る、結婚を人生の墓場にしないための傷んだ愛の処方箋。衝撃のベストセラー『母という病』著者渾身の書き下ろし話題作をついに文庫化。

私が語り伝えたかったこと

河合隼雄　41517-8

これだけは残しておきたい、弱った心をなんとかし、問題だらけの現代社会に生きていく処方箋を。臨床心理学の第一人者・河合先生の、心の育み方を伝えるエッセイ、講演。インタビュー。没後十年。

こころとお話のゆくえ

河合隼雄　41558-1

科学技術万能の時代に、お話の効用を。悠長で役に立ちそうもないものこそ、深い意味をもつ。深呼吸しないと見落としてしまうような真実に気づかされる五十三のエッセイ。

心理学化する社会

斎藤環　40942-9

あらゆる社会現象が心理学・精神医学の言葉で説明される「社会の心理学化」。精神科臨床のみならず、大衆文化から事件報道に至るまで、同時多発的に生じたこの潮流の深層に潜む時代精神を鮮やかに分析。

FBI捜査官が教える「しぐさ」の心理学

ジョー・ナヴァロ／マーヴィン・カーリンズ　西田美緒子〔訳〕　46380-3

体の中で一番正直なのは、顔ではなく脚と足だった！「人間ウソ発見器」の異名をとる元敏腕FBI捜査官が、人々が見落としている感情や考えを表すしぐさの意味とそのメカニズムを徹底的に解き明かす。

怒らない　禅の作法

枡野俊明　41445-4

イライラする、許せない…。その怒りを手放せば、あなたは変わり始めます。ベストセラー連発の禅僧が、幸せに生きるためのシンプルな習慣を教えます。今すぐ使えるケーススタディ収録！

怒り　心の炎を静める知恵

ティク・ナット・ハン　岡田直子〔訳〕　46746-7

怒りは除去すべきものではなく、思いやりと幸福に変えられるもの――ブッダの根本思想を実践的に説くベストセラー。歩く瞑想、呼吸法など、重要なポイントをわかりやすく説明した名著。

本当の自分とつながる瞑想

山下良道　41747-9

心に次々と湧く怒り、悲しみ、不安…。その苦しみから自由になり、「本当の自分」と出会うための瞑想。過去や未来へ飛び回るネガティブな思考を手放し、「今」を生きるための方法。宮崎哲弥氏・推薦。

軋む社会　教育・仕事・若者の現在

本田由紀　41090-6

希望を持てないこの社会の重荷を、未来を支える若者が背負う必要などあるのか。この危機と失意を前にし、社会を進展させていく具体策とは何か。増補として「シューカツ」を問う論考を追加。

動きすぎてはいけない

千葉雅也　41562-8

全生活をインターネットが覆い、我々は窒息しかけている——接続過剰の世界に風穴を開ける「切断の哲学」。異例の哲学書ベストセラーを文庫化！　併録＊千葉＝ドゥルーズ思想読解の手引き

孤独の科学

ジョン・T・カシオポ／ウィリアム・パトリック　柴田裕之〔訳〕　46465-7

その孤独感には理由がある！　脳と心のしくみ、遺伝と環境、進化のプロセス、病との関係、社会・経済的背景……「つながり」を求める動物としての人間——第一人者が様々な角度からその本性に迫る。

哲学の練習問題

西研　41184-2

哲学するとはどういうことか——。生きることを根っこから考えるためのQ＆A。難しい言葉を使わない、けれども本格的な哲学へ読者をいざなう。深く考えるヒントとなる哲学イラストも多数。

集中講義　これが哲学！　いまを生き抜く思考のレッスン

西研　41048-7

「どう生きたらよいのか」——先の見えない時代、いまこそ哲学にできることがある！　単に知識を得るだけでなく、一人ひとりが哲学するやり方とセンスを磨ける、日常を生き抜くための哲学入門講義。

「最強！」のニーチェ入門

飲茶　41777-6

誰よりも楽しく、わかりやすく哲学を伝えてくれる飲茶が鉄板「ニーチェ」に挑む意欲作。孤独、将来への不安、世間とのズレ……不条理な世界に疑問を感じるあなたに。心に響く哲学入門書！

14歳からの哲学入門

飲茶　41673-1

「なんで人殺しはいけないの？」。厨二全開の斜に構えた「極端で幼稚な発想」。だが、この十四歳の頃に迎える感性で偉大な哲学者たちの論を見直せば、難解な思想の本質が見えてくる！

著訳者名の後の数字はISBNコードです。頭に「978-4-309」を付け、お近くの書店にてご注文下さい。